palmstories

あなた

津村記久子
岡田利規
町田康
又吉直樹
大崎清夏

palmbooks

目次

palm [pɑːm] *n*

1 てのひら, 掌　**2** ヤシ, 棕櫚

▶ palmstories *n* 掌篇小説集

palmstories

あなた

六階を見習って

津村記久子

あなたが私に寄越してくれたさまざまな物が、もしその時に手に入らなかったとしたらと考えると、ちょっと恐ろしいなという気がしてくる。あなたがうちの近くにいなければ、私は日を改めてとても面倒な思いをして、徒歩だとか自転車だとか電車で、たった一個のなにげない何かを手に入れるために、わざわざ一日の中の一時間だとか二時間を使って出かけていたはずだ。

それはそれで悪い時間の使い方ではなかったかもしれないけれども、あなたが取り除いてくれたのは、離れたところに何かを買いに行く手間以上に、直近に必要な何かを持っていない、ということへの私の焦りや、それに伴う気力の浪費だったのではないだろうか。もし、あなたが私に提供してくれた物々が、私が「必要だ」と思ったその日に手に入らなかったとすると、私は一晩中、その物について検索をし、悩み、考え込んでいたはずだ。それはとても大きな活力の浪費でもある。あなたがそこにいて何度も食い止めてくれたのは、そういう目に見えない苦痛だったのだと思う。

自宅の最寄り駅の近くの商業ビルの六階にあった生活雑貨のフロアが、完全に閉まることになった。改装ではない。完全閉店だ。待っていても似たような売り場はもうできない。私はうろたえて、レジを通してくれた女性に、お世話になりました、とお礼を言ってみたけれども、あ、そうですか、と戸惑ったように頭を軽く下げられただけだった。その人は別の階の食品フロアのサービスカウンターでも見かけたことのある人で、六階とどれほど縁が深い人かはわからなかった。食品フロアと生活雑貨のフロアは、経営母体が同じなのだ。

レジカウンターの女性の反応で、私の六階への感情は宙ぶらりんなものになってしまった。その生活雑貨のフロアを経営している会社に感謝を言えばいいのだろうか。ただ私の中には、突然閉店を決めた経営側への怒りもあったので、感謝を述べるというのも違うように思えた。経営側に言いたいことは一つだ。「六階がなくなると困る。できれば続けていただきたい」。

六階自体には感謝しかない。お店にいる人も要領を得ない、経営母体も味方とはいえない状態で、私は誰に対して感謝を述べればいいのか？　結局、基本に立ち戻って、六階それ自体ということになるのかもしれない。六階には、おそらく意志や人格はない。それでも、しみじみとありがたい働きをしてくれたのだった。なので私は、六階をそこにいた誰かとして、送辞に代えて思い出を述べたいと思う。

＊

いきなり正直に言うけれども、この土地に引っ越してきて、最初にあなたを訪ねた時は、小綺麗だけれどもなんだか焦点の合わない売場だなと思った。家具も食器も文具も工具も売っているものの、専門店や通販で買えばいいような物ばかりだし、安いという印象もない。プライベートブランドの商品は多少は安かったけれども、おそらく持ち帰って真剣に検討すると、他の数多ある商品と比べていちばん安いとも品質が良いともいえないことは、なんとなく予想できる雰囲気だった。文具は、小学生や中高生が持っていて無難なものを一通り揃えていたし、フェアのような形で海外メーカーの万年筆のコーナーなどもあったのだが、私が仕事で使っている0・7㎜シャープペンシルの消せる青芯と赤芯は売っていなかったので、いろいろありそうでかゆいところには手が届かないという所感を持った。私がよく使っているB6のノートも一冊も置いていなかった。蛍光灯も、近所の家電量販店よりは千円ぐらい高かったし、いくら焦っていてもここで買い物をすることはほとんどないだろう、と思った。

あなたが私を助けてくれたのは、私がそんな不届きな感想を持ってから一か月後のことだった。その三日前、自宅で仕事をしていて突然椅子が壊れたので（背もたれの金属と金属の接続部が割れたのだ)、急いで別の安い椅子を通販で注文した。注文して三日後の日曜日の昼過ぎに届いたダンボール箱を急いで開封して、いざ椅子を組み立てようと手持ちのドライバーをネジ穴に入れたところ、回らなかった。私の持っているドライバーでは、先端が小さいようだった。

がんばればがんばるほど、ドライバーはネジ穴をつぶしていく。ネジをなめていく。落ち着け、こういう商品にはだいたい簡易な工具がついているものだ、と自分に言い聞かせながら、説明書を取り出して同梱品のリストに目を通し、ドライバーが入っているはずだということを確認したのだが、ダンボール箱には入っていなかった。どこかに落としたのだろうかと、玄関から椅子を設置した部屋、組立中に自分が開けた冷蔵庫のまわりやトイレにも見に行ったけれども、ドライバーはなかった。

入れ忘れられてしまった。

椅子を送ってきた会社に電話をしようにも、〈お問い合わせ先〉は平日の九時から十八時の営業で、その日は日曜日だった。いや、文句を言うより今はドライバーが必要だ。

工具をすぐに提供してくれる場所、ということで、二駅離れた場所にあるホームセンターのことを思い出し、検索してみたけれども、あいにく改装で休業中とのことだった。その時、私の頭の中に、最近見かけた工具売場の残像が過《よ》ぎった。それは前の家ではなく今住んでるところで、電車に乗っていくようなところではなくて、と考えたあげく、あなたがドライバーを売ってくれるかもしれない、ということに思い至った。意外だった。

定規を取り出して片目をつむり、ネジ穴のサイズを確認した後、私は小走りで家を出てあなたを訪ねた。あなたは、本当にしれっと、ネジ穴に適合する先端を持つドライバーを売場でいちばんわかりやすいところに置いていて、私はそれを文字通りひっつかんでレジに行った。帰宅して、値札も取らずにネジ穴に入れてみると、きれいにはまった。その時の喜ばしい感触を、私は今も覚えている。

あなたは、直射日光からも私を救ってくれた。春が近いある休日の昼間、部屋に光でも入れるかと掃き出し窓のカーテンを開けた瞬間に閉めた。ほとんど、光の軍勢に襲われたという具合だった。私は、日当たりの良さにはそれほどこだわらず、これまで北向きの部屋に住んでいたせいで、逆に日当たりが良すぎることにも無頓着だった。部屋の内見に来たのも夕方で、自分の部屋が東からの光でとんでもないということも知らずに住むことにしてしまったのだった。それでも冬はなんとかごまかせたけれども、春になるともう無理だ。

カーテンを閉めると、部屋は途端に暗くなった。それでも、カーテンの隙間や上下からは光の筋が走っていて、ドラマとか映画でたまに見る、犯人が籠城している暗い倉庫などに突入するために金属の扉をバーナーで焼き切る様子を犯人の側から見たような具合になっていて不快だった。私は籠城している犯人ではない。それでまたそっとカーテンを開けたけれども、やはり光が合戦を仕掛けてくるかのようにワーッと襲いかかってくる。カーテンを開けたい。でも開けると大変なことになる。

私は少し考えて、光をほどほどに通す、適度な遮蔽物がカーテンと窓の間に必要だ、という、ごくごく普通のことを思いついた。要するにレースカーテンだ。北向きの日当たりの悪い部屋に慣れた私には必要がなかったけれども、東向きの日当たりの良い部屋に住む私には必要なものなのだ。

携帯で天気予報を見ると、今日も明日も一日中晴れなのだそうだ。通販で検討するにしても、これは待てない。電車に乗って、ドライバーの時に行き損ねたホームセンターに行くか、そろそろ改装も終わっただろう、と思って携帯で調べたところ、昨日敷地が面している道路から不発弾が見つかり、休業中なのだという。

少しの間呆然とした後、私は、やはりこの一か月の間にカーテンを売っているところを見た、という記憶が甦ってくるのを感じた。六階だった。ドライバー売り場の隣が、カーテン売り場だったのだ。

私はまた小走りで自分の部屋を出て、日陰を探しながら顔をしかめ、あなたを目指した。本当にありがたいことに、あなたは自宅からは西の方向に位置していて、午前中の時間帯は太陽を背にした状態で歩くことができた。

売り場に行くと、レースカーテンは九八〇円と、一九八〇円と、二九八〇円の三種類があった。私は渋い顔で初めて購入するレースカーテンの性能を見比べ、紫外線を95％カットしてくれて、断熱と遮像の効果があるという一九八〇円のを購入した。人生が少しましになるような気がした。種類が少なく、性能の差がはっきりしていてあまり悩まないでいられたこともありがたかった。

一切寄り道せずに帰宅し、早速レースカーテンを取り付けてみると、ワーッとやってくる光の軍勢は、凪のように静かになった。光との付き合い方を学んだような気がした私は、珍しく休日の朝食にパスタなどを作り、昼下がりは日光のもとで読書をして過ごした。

夕方はまた、レースカーテンを買った商業ビルのスーパーに野菜と肉を買いに行き、煮込んでスープにした。じゃがいもを選びながら、わたしは午前中に六階に行って、その数時間後にまたその下の階で買い物をしていることがなんだか信じられなかった。「欲しい」と思った時に、過剰な検討を強いられることもなく、必要な物が手に入る。便利だな、と思った。あなたが実は、自分にとってけっこう重要な店舗なのだな、と思い始めたのは、このあたりからだった。

それからしばらくの間は、買いたい物に対してもっと大きな売り場のある店を回ったり、通販で検討する余裕のある買い物が続いていたのだが、危機はまた訪れた。

仕事の書類を大量にコピーしなければならなくなり、コピー屋で紙を一枚一枚めくることにストレスを感じるようになった。書類は全部で三〇〇枚ほどあって、普段ならコピーなどせずにこちらで手書きで訂正して戻す書類なのだが、その時は、難しい上に責任の所在をはっきりさせたい（私がこう指示したということが曖昧になっていてはならない）仕事だったので、すべて控えのコピーをとることにした。

その日の夕方に作業が終わると、毎日コピー屋を訪れてコピーをとっていた。一日に約六〇枚だ。そのコピー屋は、ソーターが利用できず、一枚一枚紙をめくってセットしなければならなかった。空気が乾燥しているのか、私の手が乾ききっているのか、一枚の紙をめくるというとても簡単な作業に難儀することがあった。紙の端と端をつまんでうねうねさせて、扇形に少しずつずらそうにも、書類はA3という大きさであまりに扱いにくかった。

書類の原紙を一枚取ってはコピー機にセットし、重いカバーを閉じる、コピーが出てくるのを確認する、カバーを持ち上げる、原紙を取る、新たな書類の原紙をセットする、という作業を三十回繰り返して、この中で自分がいちばん苦手な作業は紙をめくることだ、ということに気が付いた。思案した末、十年ぐらい前にライフハック系のサイトで見かけた「消しゴムを紙の角で滑らせてその摩擦でめくる」という方法を思い出し、持ち歩いているペンケースに入っていた消しゴムを使って試してみることにした。確かに紙をうまくめくれるようにはなったけれども、消しゴムは紙をめくるための専門の道具ではないので、それなりの操作性の悪さというか、気持ち悪さのようなものはつきまとってきた。

今日一日だけのことならこれでしのいだけれども、これから私はあと四日間、毎日このコピー屋に来て紙をめくらなければならない。そう思うと悲しくなった。何かもっと、スムーズに紙をめくるための道具が欲しい。要するに指サックが欲しい。それも、キャップ型のオレンジ色のやつじゃなくて、リング型のやつだ。オレンジのは蒸れるし、指先の血が止まるような感じがする。

明日にも使いたい。この時間では、通販では間に合わないだろう。私は早速、コピー屋の近所の文具店に行くことを決め、カウンターでコピー代を精算していたときに、電話が鳴った。その時の仕事相手だった。私は、いったんコピー屋の待合いの長椅子に座って、電話を受けることにした。

お問い合わせの件ですが、先日お送りしたスケジュールで進めることに決定しました。

はあ。具体的にどういったスケジュールでしたでしょうか？

それは先日お送りしたスケジュールの通りです。

あの、細かくは覚えていないので、今一度口頭で読み上げていただけますか？

相手は二秒ほど沈黙して、わかりました、とがさごそ音を立てる。それから、マウスがかちかちかちいう音が聞こえる。

自分が知らせようとしている内容をモニターにあらかじめ表示しながら話したりはせず、こちらの記憶を使ってくる。他には、こちらに確認せずに修正を加えた上、その箇所についてもこちらから訊かないと教えてくれないタイプの人だったので、必ず「自分が何を指示したか」の履歴を取らなければならなかったのだ。

相手がスケジュールを読み上げる。

なので期限は二十五日の水曜日とさせていただきまして……。

二十五日は確か木曜日ですよ。

私も日にちを聞いてすぐに曜日を出せる人間ではないのだが、その日の次の日は友人と食事に行く約束をしているので、すぐにわかった。相手はまた数秒沈黙して、マウスをかちかちする。たぶん、カレンダーを確認しているのだと思う。日にちや曜日の確認という意味では、外で携帯を使って話している私よりは有利なはずなのに、時間がかかる。私のことも信用していないのだろう。

えーと。

相手の声を聞きながら、私は焦りを感じる。携帯を耳から離して時間を確認する。文具店の閉店時刻を思い出そうとする。十八時だっけ、十九時だっけ？　今は十七時五十分だった。十八時だとしても、今電話を終わらせることができたら駆け込んで買いに行けないこともないのだろうけれども、なにぶん初めて買うものなので、早く探すことに自信がない。

文具店は老舗でそこそこ大きいのだが、店番のおばちゃんがわりとアクが強い。以前、バイトと思われる若い女の子に、売り場のレイアウトについてなにやら得々と話しているところを見かけたことがある。攻撃的な内容ではないのだが、声が大きくて絶対に女の子にマイナスの意見や聞き流しを許さない様子だったのが印象に残っている。

閉店間際に探し慣れない指サックを探し回っていたら、あのおばちゃんになんて言われるんだろうと思う。私は、ペンやノートや消しゴムといったものと比べて格段に知名度が落ちる指サックなどというマイナーな商品が、文具店のどのあたりにひっそり置いてあるのかなど見当をつけることもできない。

というか、私にこれだけのことを考えさせるぐらい、電話の相手は二十五日が何曜日か調べることに手間取っている。

すみません。四か月前の二十五日が水曜日なので間違えました。

そうですか。

そうか。自分は大きな意味では間違っていないということを証明するために、四か月前のカレンダーを見ていたのか。もはや、何の話をしているのかわからなくなってきた。

私は、スケジュールの詳細が記してあるメールがいつのものかを確認して、ちょっと行くところがありますんで、と通話を切ることにした。時刻は、十七時五十五分だった。コピー屋を飛び出して走り、文具店の前に到着すると、アクの強いおばちゃんがシャッターを下ろしているところだった。また時刻を確認すると、閉店の十八時までにはあと数分あったけれども、今から店に入って、買ったことのない指サックを探す勇気はなかった。おばちゃんが場所を教えてくれるかもしれなくても、今か今かと隣で待たれそうだったし、そのプレッシャーに耐える気力がもうない、と思った。

私はそっとその場を離れ、最寄りの百円ショップに行き、百円ショップにはありがちなことに、いちばん普及しているオレンジ色でキャップ型の商品しかないことに落胆して、とぼとぼとあてもなく歩き始めた。

頭に過ぎったのはあなたのことだった。文具はわりと充実している。でも、リング型の指サックを欲しがる人なんて週に一回、いや月に一回も現れるとは思えなかったし、そんな希少な相手に向かってあなたがビジネスをしているとも思えなかった。だって、0・7㎜のシャープペンシルの黒芯はあっても、青芯と赤芯は売ってくれないあなたのことだ。「わりと」であっても、期待が過ぎると痛い目を見るのではと私は警戒した。

とはいえ、もう今日は失う時間も期待もないように思われた。四か月前の二十五日が水曜日であることを告げる時の相手の声や、おばちゃんが店のシャッターを閉めている時の痩せているが我の強そうな背中のことを思い出すと、これから何かに落胆しても、それ以上はないような気がした。

私はあなたを訪ねることにした。駄目でもともとだった。指サックがなければ、食器か寝具でもなんとなく見て回ることにする。買いたいけど今は買わない物の見当をつけられたならば、家に帰って通販サイトでリング型の指サックだけを注文するという侘びしさに耐えることもできるだろう。

何の期待もなく、エスカレーターで六階に上がった。明日は仕事を始める前にあの文具店に行こうかと考えた。前向きな提案だったけれども、なんだか少し憂鬱だった。私はあのおばちゃんが苦手なのだろう。もう少し元気な時なら向き合えるけれども、今は弱っていて、できればもっと感情を使わずに接することができる相手を望んでいるのだろう。あなたのレジでお会計をしてくれる店員さんのような。

重い足取りで文具売り場に向かい、薄目で売り場を見回した。あった。棚の間の通路を二巡して、一応隅々まで確認したところ、印鑑マットや伝票が売られているところに、なんとあった。

ちゃんとリング型だった。サイズも、大・中・小がそろっている。オレンジ色のキャップ型がやはり目立っていたけれども、リング型もその半分の数量は陳列棚に吊られていて、「まあこっちを使う人がいるのもわかっていますよ」と売り場が呟いたような気がした。

自分はリング型の指サックが欲しすぎて夢でも見ているのではないか、と疑いながら、「中」五つ入りの袋を陳列棚から外して、ふらふらとレジに向かった。通販もおばちゃんも必要なかった。答えはあなたが持っていたわけだ。一度は、かゆいところには手が届かない売り場、みたいな評価を下してしまったあなたが。

無言で、ひたすら非礼を詫びながら、エスカレーターを下っていった。あっさり私を助けてくれたあなたに、なんと言ったたらよいかわからない。今からレジに戻って、「探してたものがあったんですよ！」と叫んでもよいのかもしれないけれども、店員さんにきょとんとされるかもしれないし、一日の終盤に変な客が来たと思わせるのも申し訳ない気がする。

帰宅して、手洗いうがいをした後、さっそくリング型の指サックを左手の人差し指にはめて紙をめくってみた。どこまでもめくれた。どんと来い紙、とにわかに勇気が出た。

毎日コピー屋に控えを取りに行くその仕事は、リング型指サックをはめて紙をめくるという楽しみのおかげで、なんとか苦痛になり過ぎずに終えることができた。その頃から、私はあたの売り場の底力に敬服するようになっていた。

それからまた数か月が経ち、冬になった。その冬はとても寒かったけれども、私はさらに寒い北国から、仕事のオファーをもらった。常勤の仕事で、今の暮らしよりも安定するのは確実だったけれども、引っ越しの大変さが伴うことも確実だった。

とてもうれしいです、ですが少し考えさせてください、と答えてから、私は毎日悩んでいた。申し出の条件自体は、本当に良いものだ。今までいろいろなことがあったが、真面目にやってきて良かった、と素直に思える出来事だった。引っ越しもべつにいい。私は生まれてからずっとほとんど雪の降らないところに暮らしていたので、これからそういう場所で生活するのだと思うと、心が躍る部分もあった。

しかし、今住んでいるところから新幹線を使っても何時間もかかる場所に引っ越すのは、既存の人間関係から離れることでもあった。そして応援している球団の地元から離れることでもあった。

要素がどちらか一つなら、すぐに承諾したかもしれない。しかし二つになると悩む。収入がいくらか上がっても、QOLが下がるのでは元も子もない。

いいことではあるのだが、悩みすぎて食事が雑になってきた。仕事をしている時も、休憩している時にも、不意に浮かび上がった転職と引っ越しのことを考えていて、心身ともにだんだん不調になってきた。自炊をしていても、転職と引っ越しをすべきかということが頭を離れず、途中で食材を放り出したりしていた。ここにやってきてまだ一年も経っていないとか、引っ越しは大変だということはあまり問題ではなく、やはり人間関係を保ちにくくなることと、球団から離れることが問題だった。

繰り返すがその冬は寒い冬だった。なんとかお茶だけは淹れられるので、とにかく何度も湯を沸かしてお茶を飲んで、簡単に口に入るものを食べてしのいでいたけれども、寒すぎてお茶がびっくりするぐらいすぐ冷えるということにも悩むようになった。

ティーポットは750㎖のものを使っていて、だいたい二時間で空にしていると思うのだが、それがもう三十分も置くと冷えている。吹いてさますような温かいお茶を飲めるのは、最初の一杯だけだということになってきた。レンジや鍋で再加熱したらいいとはもちろん思うんだけれども、どうもおいしくなくなる。風味がなくなるような感じがする。再加熱しなければいけないぐらい冷めた状態のお茶は、そもそも淹れてから時間が経ちすぎているので、常温だろうと加熱しようと風味が飛んでいる、と言われたらぐうの音も出ないのだが、再加熱しない冷めた状態のお茶の方がまだお茶の味がするといったら気のせいになるだろうか。

私は、転職と引っ越しのことで悩みつつも、さらにティーポットの保温について悩むようになった。魔法瓶を買うにしろ、あんな深い物を洗っている時間がまずないし、500㎖は入るのが欲しいとなると図体は大きくなる。これから引っ越すかもしれないのにそんな大仰な物を増やしたくない。ティーポットに着せるカバーを作るとしても、作り方を検索しているだけで数時間は容易に過ぎる。

当初は、「転職・引っ越し：お茶の保温」の悩み割合は9：1だったはずなのだが、気が付いたら、4：6ぐらいまで逆転していた。お茶の保温についての考えがまとまらないのに、今よりも寒い場所に引っ越して自分は生きていけるのだろうか？

自宅で考えることが飽和状態に達したある日の晩、私はよろよろと外出して、あなたを訪ねた。これまで、私の生活に現実的でコストのかからない解決方法の提案をしてきたあなたならば、私の悩みにいくらか寄り添ってくれるだろうと思った。信頼というのならそうなのかもしれない。私は、自分の生活のスケールが、あなたが売ってくれるものに対してちょうど良いような気がするようになっていた。

私が転職と引っ越しの悩みに集中するために、あなたが提案してくれたものは大きめの保温タンブラーだった。〈寒い冬のお供に〉という特集コーナーで売られていて、すぐに見つかった。４５０㎖入って口が広い。洗いやすい。場所も取らない。普段のコップとしても使える。魔法瓶ほどの保温力はないかもしれないけれども、私がお茶を淹れてから二時間ぐらいの間は温かく保ってくれるだろうと思われる。たぶん夏には、アイスの状態の飲み物を長い間冷やしてくれるのだろう。

悩みは自宅から売り場に行って帰るまでの二十分で解決し、それから私は思う存分、転職と引っ越しについて考えることになった。

私は、温かいお茶を飲んで落ち着きながら、一覧性の高さ優先でいまだ手書きにしているスケジュール帳を出してきて、今の家の比較的近くに住んでいる友人と会う回数と、野球の試合を観に行く頻度を改めて数え直すことにした。時期によって変動はあるものの、だいたい、友人とは月に一度か二度会って、試合へは月に一回行っていた。月の他の二十七日から二十九日ぐらいは、自宅で仕事をしたり休んでいたり、一人で出かけたりしている。

それから、高速バスのサイトを見て、赴任先から近い三つの球場への時間と交通費を調べる。三つのルートのうち、一つは大変そうな深夜から早朝にかけての便しかなかったけれども、二つは午前から午後にかけて往来する便があった。

赴任先と、今住んでいる場所を結ぶルートについても調べた。朝早い出発ではあるけれども、人に会うには悪くない時間にこちらに到着する便があった。

私は、要するに、月に二回ぐらい高速バスに乗ればいいんだろう、と考えるようになった。それで、連休のある月はもう一回ぐらい試合か友人に会うのを増やせばいいんだろう。

思うより難しいことではないのかもしれないし、思うよりは難しいことなのかもしれない。それはもう、やってみなければわからない。

二時間考えても、保温タンブラーに入れたお茶はあたたかでいてくれていた。やってみなければわからないし、生きていたらそういう時期もあるだろう。

もしだめでも、椅子のネジがゆるんでもドライバーがあるし、光に悩まされてもレースカーテンがある。不意に大量の紙をめくらなければならなくなってもリング型指サックがあり、寒くても一度お茶を淹れるとある程度長い時間温かい飲み物が飲める。

もうそれでいいんじゃないか?

＊

引っ越し先に向かう交通手段は、新幹線、飛行機、高速バスとあって、私は一番時間がかかる高速バスを選んだ。これから月二回ぐらい、この場所と引っ越し先を行き来する練習だと思うことにした。

引っ越し業者に荷物を渡してから、バスの出発まではしばらく時間があって、私はバスターミナルの待合スペースの自動販売機で飲み物を買おうとして思い直し、あなたを訪れることにした。〈完全閉店〉の告知で予告された日から、二週間が経過していた。

乗り慣れたエスカレーターで上がっていくと、あなたの階は、薄そうだけれどもちゃんと天井まで塞がっている壁で囲われて、中の様子はまったくわからなくなっていた。壁には「ご愛顧のほどどうもありがとうございました」という貼り紙が貼られていて、こちらに向かってお辞儀をしている店員のユニフォームを着た女性のクリップアートが添えられていた。

私は彼女の正面に立って、同じようにお辞儀をした。背後で、誰かが五階から上がってきて、そのまま七階に運ばれていく気配がしたけれども、どう思われようと私はもうこの土地を離れるのでかまわなかった。

一年足らずしかいなかった場所で、私は友達や知り合いどころか、なじみの店員さんさえ作ることができなかったけれども、売り場とはよい関係を作ることができた。それがあなただった。気安い場所にいて、どこにでもあるような売り場なのに、困っている時にはだいたい手を差し伸べてくれる。自分は新しい職場でそういう人間になれたらいいと思った。

一月、生暖かい月曜日の午後のこと

岡田利規

なんであれば出来事とも呼べないかもしれないくらいのもの、きわめてうっすらとした出来事のようなものからでさえ、忘れがたい印象をふいに得る、ということはきみにももちろん時々起こる。そしてそういうとき、その印象を小説の形にして残しておきたい、という感情がきみには得てして湧いてくる。

　きみは小説を書くだけでなく、演劇をつくってもいる。というより、きみのしている仕事の全体の中に占める比重でいえば、小説よりも演劇の仕事、戯曲を書いたり演出をしたりというののほうが、ずっと大きい。小説を書くことは、むしろごく間歇的にしかやれてない。

なにかうっすらとした、それなのに印象深い出来事を経験したときに、きみは思い出したように小説が書きたくなる。その出来事や印象を、小説という形式でもって描写したくなる。わたしにとって興味深いことに、そうした経験を契機にして演劇作品をつくりたくなることは、きみにはどういうわけだか起こらない。

それは一月の半ばの、その時期にしては異様なほどに生暖かい月曜日の午後、そのときも、うっすらとしてはいるが奇妙な印象が確かに残る経験を、きみはした。これといった出来事が起きたというのではないが何か現実のものと思えない雰囲気が、そこには漂っていた。それをきみはここに書き留めようとしている。

きみはあの時期、普段のきみよりいくばくか疲弊していた。

演出家として取り組んでいた演劇作品のリハーサルのため、動物園からほど近い、急な坂道の途中に建つ、横浜のスタジオに日々通っていた。一日あたりのリハーサル時間、オフの日の入るペース、といったスケジュール面が、きみには少し苛酷に感じられるプロダクションだった。とは言えそのスケジュールでやらないと、間に合わないのは明らかだった。

その月曜日、俳優たちとのリハーサルは休みだった。当初の予定ではきみにとってもオフになるはずだったが、結局、音響デザイナーのイバラキさんとの打ち合わせが入る。オンラインでのミーティングではなしに、稽古場に居合わせ実際に音を出してみたりもしながらアイデアの良し悪しや実現可能性を検討するのがよいだろうということになる。

それできみは、坂道にあるスタジオにその日も出向く。正午にスタジオで待ち合わせて始まったミーティングでイバラキさんから提示されたサウンド面の案はすばらしくて、きみはとても気に入る。ぜひそれでいきましょう、ということになって、それでこの日の打ち合わせで決めるべきことは、あっけなく決まってしまう。あまりにあっさりしすぎていて、それもなんなので、しばらく雑談をして過ごすが、それでも十三時少し過ぎにはお開きになる。

イバラキさんは稽古場の隣にある和室に、音を加工したり編集したりするための機材をセットしてあった。きみはその部屋の様子を覗かせてもらってから、そこで夜まで作業をしていくつもりだというイバラキさんと別れ、スタジオの建物を出て坂道を上っていく。上り切ったところの交差点で道路の反対側へと渡り、そのまま今度は動物園の敷地に沿って走る勾配の急な坂を、降りていく。きみは市営プールに向かおうとしている。

　下り坂をゆっくり歩きながら、今し方のイバラキさんとのミーティングで出た刺激的なアイデアのことをきみは反芻する。それ以上に、ここまでのリハーサルのことを反芻する。リハーサルは、いい具合に進捗してきている。きみの打ち出した上演コンセプトは座組の中で深いレベルで共有されていると、きみは感じることができている。スケジュールがハードなのだけが問題で、そのせいできみには余裕が足りてない。それを自覚しているきみは、そのことに少なからぬ危機感を抱いている。

　もちろんそんなの千差万別だろうが、演劇の演出家の一日あたりの体力や集中力の持続する時間は、みんなだいたいどのくらいなのだろう。きみの場合だと、あのときみたいな一日六時間のリハーサルを週に六日間、というサイクルは、いささかきつい。それをずっと続けていたら、取りかかり中の作品以外のものへ関心を向けるゆとりがきみの中から失われていく。きみは本が読めなくなって、社会・世界の時事的な出来事を追えなくなって、そしてなにより、そうした状態に陥っている自分に対して苛々してきてしまう。

そうしたうっすらした苛立ちと疲弊が、あのときのきみの身体と精神の標準状態だったから、その日みたいに、完全に休みというのではなかったとはいえ六時間のリハーサルのかわりに一時間ばかしの、実にすんなりといったミーティングを済ませただけで一日が終わる、というのは例外的でヘンな感じだった。疲れは確かにあるものの、それはここまでに蓄積されたものだけで、この日新たに追加されたものがない、それは拍子抜けでさえあった。それに、いつもスタジオを出るとき、外はすっかり暗くなっているのに、まだ昼過ぎで、陽射しがある。このこと自体が実にイレギュラーだった。

その坂をだいぶ下り終えて、ずいぶんなだらかな勾配のところを歩いているときだった。その一帯のどこか遠くのほうから、なにか大きな音が響く。一瞬不気味に轟いて、それから周囲に拡散し消えていった正体のわからないその音を、きみは最初、きっとこのあたりのどこかで何かの工事が行われているのだろう、それに使われている重機かなにかが軋みをあげたのじゃないか、くらいに考える。しかしすぐ、その音の真相に思い当たる。今のは重機なんかではなくて、動物園の中の、なにか大型の生き物、おそらくは象が吠えたのだったに違いない。

きみはこのときまで、動物園の敷地に沿ったこの道を往来していたら中で飼育されている動物たちの鳴き声が聞こえてくることもあるだろうなんて、一度だって考えてみたことがなかった。この道を往き来してスタジオに通う日々がはじまって、すでに数週間が経っていたのに、動物の鳴き声を耳にしたのはこれが初めてだ。

こんなふうに日常的に動物の鳴き声・吠え声を耳にしながら暮らすというのはどんな気分がするものなのだろう。きみはこの近隣に住む人々に思いを馳せる。そのとき、この一帯に人の気配がまったくしないことに気がつく。立ち止まって周囲を見まわすと、どこにも人影が認められない。

そういえばさっききみが通ってきたところ、スタジオの建物を出て坂を上りきったあたりにも、誰もいなかった気がする。だとすれば、あのあたりは動物園の入り口にほど近い、子ども連れの人々の流れや賑わいが常にあって当たり前の場所なのだから、なんというか、すさまじいことだ。いや、もしかしたらあの動物園は、月曜は休園かもしれない。それであれば説明はつく。でももしそうでないとしたら——

そしてきみは、きみの身にまとわりついている空気が孕《はら》んでいる湿度がほとんど梅雨の頃のそれのようだということに、このときはじめて意識がいく。きみが下りていた道は、勾配がなくなりすっかり平坦になってからもしばらくまっすぐ続く。やがて別の道と交わる。それを右へと折れていくと精肉店や靴屋やクリーニング屋といった、このあたりで生活している人々のための店がぽつん、ぽつんと現れるが、どれもシャッターがおりている。生暖かい天気も異様ならば、ほんのわずかにしか疲弊がこびりついていない身体の状態も、あまりに良質でかえって着心地の悪い下着を身につけているようだし、そのうえこんなにも人の気配がしない。なにもかもがヘンだ。

それまでよりも少しだけ幅の広い道に出る。そこにも人の姿はない。車も通らない。別の道に行き当たり、その角に建つひっそりした、覗き込んでも薄暗いばかりの、人気のない洋品店の前を折れ、そこから緩やかな弧を描くようにしてなだらかな坂を、上りの方向に歩いていく。ガレージ付きの戸建て住宅に混じって病院や保育園が並ぶが、どの建物も道路に面した側はシャッターが降ろされている。あるいは雨戸やカーテンで窓が閉ざされている。そこをきみは灰色の生暖かい大気に撫ぜられながら、普段のきみのペースよりいくぶんゆっくり歩いていく。

リハーサルに追われて珍しく余裕のない、疲れが蓄積しているのが常態となってしまっていたあのときのきみに突如として現れた、空隙のようなこのひとときをどう有効活用するのがよいのか、いささか要領をつかみきれないまま、きみはその渦中であくまでも穏やかにだが、混乱させられている。坂を上りきると、そこから先は下りの、ここまでの上りよりも急な勾配がはじまる。きみの視界が開けて、奇妙に爽やかな灰色のひろびろした空が見える。その空を背景に、横浜の海のエリアに建つ高層のビルたちの姿が並ぶ。それらを目にしながら坂を下りていくあいだも、すっかり下りきってからの平坦な、小さな運動場の脇を抜けていく道を行くあいだも、きみは人の姿も走る車の姿も目にしない。しかしきみは、実は少し前からすでに、きみの書いているこれに対する信頼を、持てなくなってきている。きみは確かにあのときのきみが経験したことをそのままここに書き留めているのだが、このように文章になった途端に、その真偽のほどが心許なくなってくるのだ。だって、ここに書いてあるようなことが現実に起こり得るはず、ないじゃないか。

きみは、あのときの自分は何も見ていなかったんじゃないだろうかと思いはじめる。もしそうであれば、これは、何も見ていなかった人間が見たままを書いている代物ということになる。それって、一体なんなんだ？

ここにきみが書いていることを、きみは、できればそれを経験した直後に書けていたらよかった。でもあの時期のきみにそんな余裕は、とてもじゃないがなかった。そもそもそんな余裕があったら、きみはきみがここに書こうとしているもの、つまりあの一月の奇妙な午後を経験することは、おそらくなかっただろう。

きみにこれを書く余裕があることをきみ自身が自覚したのは、京都滞在中のことだった。いくぶん苛酷なスケジュールのなかクリエーションに取り組んだそのときの作品は、結果的にはよいものに仕上がり、二月のはじめ、東京の劇場での初日が無事、演出家のきみにとって納得できるものとして明けた。その二週間の東京公演が終わると、ただちに国内数箇所の巡業が始まった。

その二箇所め、東京を入れれば三箇所めとなる公演地の、京都のホテルで、朝の九時かそこいら、きみは睡眠の足りていないぼんやりした状態のままで七階のきみの部屋を出て、エレベーターで地上階の朝食ビュッフェ会場へと向かう。そこで座組のメンバーの誰かときっと出くわすだろうというきみの当ては外れ、小学校の教室か、さらにそれよりひとまわり狭いか、といった大きさの朝食会場にはきみの知っている人どころか、誰一人いない。

壁に大型のテレビが二台、横並びに掛けられている。それぞれ別の番組を映していて、それぞれの音声が控えめに流され、ふたつが混じり合っている。片方のテレビでは、清潔感のある薄い色づかいの、ビッグ・シルエットな服装の若い男女三人が並んで立っている。きみには、かれらはもうすぐ公開がはじまる日本映画のメイン・キャストたちで、これはその映画のプロモーションの一環なのだと察しがつく。撮影現場はどんな雰囲気でした？　撮影中の面白エピソードは？　テレビ局のアナウンサーからの質問に、三人は仲の良さを見せつけるようにじゃれ合いながら答えている。

もうひとつの画面では、四人のテレビタレントが居間を模したセットの中で、くつろいだ様子で、四人一緒にプレイできるビデオゲームに興じている。してやったりのときや、反対にしてやられたときに興奮して叫んだり、上体を反らせつつガッツポーズしたり、じたばたしたりする。しばらくそんなふうに盛りあがったあとで、番組は次のコーナーになる。これまでとは別のタレントが何人か、遊園地の新作ジェットコースターに乗せられて、恐怖に顔を歪ませながら大声で喘ぐ。いかにも絶叫マシンの類いが苦手な人々が意図的に招集されているそのＶＴＲを見ながら、さっきまでゲームをやっていた人たちがケラケラ笑っている。

きみはそれを、湯豆腐やひじきの煮たやつなどもある和風のビュッフェを食べながら、ぼんやり見ている。そのあいだも、このホテルに泊まっているはずの公演メンバーはおろか、他の宿泊客、ホテルの従業員さえ、ひとりとしてこの朝食会場に姿を現さない。この日は公演開始は夕方から、それまでは自由時間、というツアー日程全体の中で唯一といっていいくらいの、余裕あるタイムテーブルが設えられていた。横浜での二箇月弱のリハーサル、東京の劇場に乗り込んでからの、仕上げにかかる数日間を経て初日を迎え、それ以降の本番の日々、ツアー、とここまで休演日はあったにしてもそれこそジェットコースターのように怒濤のノン・ストップだったといえる。役者やスタッフの大半は疲労もピークに達しているだろう。朝食をスキップして眠りこけているのだとしても無理はない。もっとも、数えるほどだが疲れ知らずのメンバーもいる。かれらは朝から元気に京都観光に出かけているのかもしれない。

きみは朝食会場をあとにする。エレベーター脇を抜けフロントのほうへと向かうがそこも通過し、天気を確かめるため建物の出入り口の自動ドアから外へと進み出る。思っていた通り、とても寒い。きみは今し方きみを通すために開閉したばかりの自動ドアにすぐにまた開いてもらって、そそくさと館内に戻る。部屋まで行くエレベーターを待つあいだにきみは唐突に、すでにひと月以上前のこととなってしまっているあの一月の生暖かい月曜日の午後のことを、今なら書き留める余裕が自分にはある、と思う。

エレベーターで七階に向かう。到着し扉が開いて、降りるとそのすぐ脇に人が立っている。年配の女性だった。人がいるなんて思ってもいなかったきみは、思わず、あっ、と声を上げる。

その小柄な女性は、短髪で、側頭部が刈り上げてあった。手にしたA4大のクリップボードには表のようなものが印刷された紙が挟んである。そのところどころにボールペンの簡単な書き込みがある。女性はそこに視線を落としている。この人はホテルの部屋の清掃員だろうときみはようやく見当がつく。女性はきみがなんだか狼狽している様子であることは一向に意に介さない。きみを見ることすらなく、事務的であるが丁寧さも感じられる口調で、おはようございます、と言う。きみもそれに対して、おはようございます、と返す。

きみは、この女性に似ている人を知っている気がする。髪型も背丈も年齢もそっくりの人がいた。でもそれが誰か、すぐには思い出せなかった。思い出したのは、カードキーをドアに差して部屋の中に足を踏み入れた瞬間のことだった。センダイさんだ。きみがまだ二十代の、年に一、二度、とても狭いが安く借りられる劇場でごく小規模の自主公演を定期的に打ちながら、当時のきみなりに、なんであれば今以上に切実に演劇を模索していた頃、センダイさんは欠かさずきみの公演を見に来てくれてはこれは新しい、おもしろいよときみを励ましてくれた。やがてきみが演劇の世界で徐々に知られるようになり、順調に仕事をするようになるにつれ、センダイさんはいつのまにかきみの公演を見に来なくなった。きみはそのことをさして意識することもなく、やがてセンダイさんの存在を忘れてしまっていた。

今センダイさんはどうしているのだろうかと、きみはホテルの決して広くない浴室で、洗面台の鏡に映る自分の顔を見て歯を磨きながら思う。きみはさっきの清掃員の女性を見て、センダイさんに髪型も背丈も年齢もそっくりだ、と思った。でもきみが念頭においているセンダイさんの年齢は、もちろん二十年近く前のそれだ。現在のセンダイさんはどんな風貌になっているんだろう。元気だろうか。ホテルの廊下にウォーターサーバーが設置されている。きみがそこから水をもらうために空のペットボトルを手にして部屋を出ると、さっきの女性はもういなかった。

きみは水を入れ部屋に戻り、ドアの室内側の面にぺたんとくっつけられているシート状のマグネット札を、起こさないでください、と書いてある側を見せて部屋のドアの外側に貼り出す。それから水を電気ケトルで沸かし、そのお湯で、部屋に置かれている無料のドリップバッグでではなく、きみ自身がこの旅に携えてきている、ペーパードリップ用に挽かれた自前の豆で、自前のドリッパーとフィルターを使ってコーヒーを淹れる。それで準備が整う。きみは劇場での集合時間の夕方四時まで、この短い小説を書くのに費やす。

その小説も、終わりに差し掛かろうとしている。

きみはいちめんのっぺりとした灰色性を帯びた景色のなかを、

市営プールに向かって歩くうち、やがて国道の前へとやってくる。そこでさえ、人や車の往来を目にした記憶がきみにはない。

その国道の横断歩道を渡りさらに歩いていけば、相鉄本線と湘南新宿ライン、それぞれの上下線あわせて四本の線路が並んで走る敷地の上を越えていくための歩道橋がある。それを渡ったら、目的地の市営プールまであと五分かそこいらだ。

その歩道橋に差し掛かる手前に、川が流れている。川面は曇り空の下、全体的に濃くて暗い色を湛えている。きみは川を渡る橋の中央で立ち止まり、真下を覗き込む。そこにはひときわ黒々とした部分があって、それは水面に空いた大きな穴のようである。そして、単なる穴というのではなく、そこには川の水の揺れとは明らかに異質の、独自のなまめかしい動きが備わってもいる。

その黒い、動きを備えた穴のようでもあり塊のようでもあるものを構成しているのは、鯉たちだ。水の中で、泳いでいる、というより凝集してうごめいて、水とは異なる、ひとつの意思を持っているかのような揺らめきを生じさせている。きみは、無数の鯉の個体の群れとしてではなくひとつの集合体として、生き物、というのとは決定的に次元の異なる意識存在であるものとして、われわれの理解が及ぶことの決してないだろう何者かであるとして、それを見ている。

言ひ譯

町田康

此の度は機会を与えてくれてありがとう。本当に感謝している。僕は、心より、と云う強めの表現を信用しない。「心より感謝申しあげます」「心よりお詫び申し上げます」なんて言う人がよくいるが、真にそう思っている人がわざわざ、心より、なんて言うだろうか。僕は言わぬと思う。以前、知った奴にこれを多用する男がいた。身長が二米近くもある男だったが知ってるかな。多分、知ってると思う。こいつが感謝やお詫びは勿論、ちょっとした手紙の末尾にも、「心より再会を願う」だとか「心よりお祈り申し上げます」だとか、無闇矢鱈と心よりを振り回した。そもそも心より祈らない祈りなんてあるのか。これを見ればこの男の詫びや感謝や祈りが、みなコスプレだと云う事がよく訣《わか》る。この男は表では善人ぶり、善いことだけを言って人に尊敬されていたが、自宅の床下に大麻樹脂やパイプを隠し持ち、金と名声にモノを言わせて手当たり次第に女を弄ぶなどしていたよな。今頃は、心よりパンを食べたり、心より鶴を見たりしているのかも知れない。そんな人間を見て嘔吐することが是まで度々あったから僕はこうした、強めの表現はなるべく使わぬよう心がけている。そんな僕がつい、本当に、と書いてしまったのはマジで貴殿に感謝しているからだ。

と書いてこれでいいのかと迷っているのは、今、僕は、貴殿に、と書いたが、果たしてそれでよいのか、ということで、今の貴殿と僕の関係性を考慮すれば、貴殿を貴殿と呼ぶのは適切ではないのではないか、と考え、いろいろと迷って、今、この瞬間も迷ってるんだが、いつまで迷っていても仕方ないので今は暫定的に貴殿と呼ぶ。許して呉れ。

と書くうちにも貴殿の苛々した顔が頭に浮かぶ。そして声も聞こえる。それは、「そんなことはどうだっていい。さっさと用件を言い給え、用件を」と云う声だ。すまない。そもそも普段の貴殿はそんな昔の映画やドラマに出てくる人みたいな喋り方はしないよな。でも、そんな声で聞こえてくるんだよ。そして。

僕：そんな喋り方で聞こえてくる、その理由は、

貴殿：だーから、そんなことはどうだっていいから早く用件をいったらどうかね。

僕：ええ、そうですね。じゃあ、言います。洋犬は和犬より

飼いやすいのでしょうかねえ？
貴殿：その洋犬ちゃうねん、もうええわ。
貴殿＆僕：ありがとうございましたー。

という漫才台本に繋がっていく。すまない。申し訳ない。貴殿は屹度《きっと》今、巫山戯《ふざけ》ているのか、と思っているだろう。率直にお答えする。僕は巫山戯ていた。すみません。巫山戯てすみません。心よりお詫び申し上げる。だが、一寸の虫にも五分の魂、巫山戯たのには巫山戯たなりの理由がある。それは、これから貴殿に対して非常に言いにくいことを言わねばならず、その苦しみから逃れようとして、つい巫山戯てしまったのだ。すまんのう。本当にすまんのう。だけどいつまでもこうやって遅延しているわけにはいかない。男らしく言ってしまおう。実は、例の仕事が現段階においてまったくなにも進んでいない。なにひとつ形になっていないのだ。笑うよね。笑うかあ。もうええわ。どうもありがとうございました。と貴殿は思わず呟いただろうか。呟くかあ。もうええわ。どうもありがとうございました。すまない。申し訳ない。どうしてもこういう形式に逃げこんでしまう。

だけどそれは僕がずっと貴殿の仕事について考え続けて、そして今も考えている証左だ。そういう思考回路が形成されてしまっているんだね。それほどに僕はこの一月というもの、いや一月ぢやないな、去年の夏、電鉄裏の汚らしい、まるで莫迦の控室みたいな、腐ったカフェで、例の仕事を引き受けてからこっち、この事は僕の頭のど真ン中にずっとあったのだ。と書いたら直ぐに貴殿の腹立たしげな顔が頭の中の鏡に映って、それに続いて、「にもかかわらず形になってないのはどうした訳かね」と言う貴殿の声が頭蓋に響く。

そうなんだ。それが僕にも不思議で仕方ないんだ。これまでの経験で言えばそんなもの、一か月どころか一週間、いやさ二、三日あればたちどころに思案が浮かんで、後はそれを形にするだけだったのだが、あれ以来、みっちり考えたのに、考えているのに、なにも思い浮かばないんですもの。僕自身、訳がわからない。そのうちに貴殿が指定した期日が迫ってくる。それと同時に、貴殿の「期待しているぞ」という思いが伝わってくる。追い詰められた僕はもう、無理矢理にでも兎に角なにか形を作ろう。事を進めよう。そうすりゃ其の中からなにかが浮かび上がつてくるだらう、と思ってね、いろんなことを考えた。例えば、先々月は「全身ブルゾン」という事を考えた。これに関しては実際やってもみた。どんなものかというと、身丈が140糎《センチ》、身幅が100糎ほどあるブルゾンで、これを着て歩くと恰《あたか》もブルゾン人間が歩いているかのように見えるって訳だね。具体的なやり方としては、まずはテーラーに註文してそうしたブルゾンを作らせる。それから「全身ブルゾン」と雖《いえど》も顔がないと変だから、3Dプリンタの業者にそう言って、誰ぞの顔のレプリカを誂える。それから軽量な合成樹脂で十字架を拵えるのとそれを背中に固定するハーネスを用意する。さあ、そしてその着こなしは、と言うと、十字架を背中に背負い、ハーネスで固定する。その上で「全身ブルゾン」を羽織り、手に竹刀かなにかを持って、袖を通す。竹刀の先っちょには軍手を被せる。襟首から飛び出た十字架の先端にレプリカの顔面を被せて、「全身ブルゾン」の出来上がり、って寸法だ。この「全身ブルゾン」で街へ出ればどうなるのか。子供がゾロゾロ付いてくる。犬が吠える。匂いを嗅ぎ、足を上げて小便をかけてくる。そんなことが起こるのかも知れない。そんなことを夢想しつつ、僕は実際、これを作ってみたんだぜ。といってその費用や時間がないから、部屋のカーテンを外して鋏でジョキジョキ截《き》り、安全ピンで留め、顔の部分はゴミ箱にマジックインキで顔を描くなどして作ってみた。そんな粗雑なものでも、いざやってみると、うまくいかない部分が多く、三日かそこらかかってしまった。お蔭で家のカーテンが殆どなくなって僕ン家はいま外から丸見えだよ。夜など決まりが悪くってしょうがない。すだれ、買おうかな。まあ、それでもなにかが思い浮かべばいいんだけれど、実際にやってみて訣ったのは、「全身ブルゾン」はあまりおもしろくないと言うか、そこから発展性がなかったんだよね。物語性がない、って言うか。僕としては、やる前はなんて言うのかな、ある意味、安部公房の「箱男」みたいな着想が生まれるのではないか、と期待していたんだがね。ダメだった。

　人間の魂は外側に向かっていろんな皮を被って、それによって守られてると僕は思ってるんだよね。まず自分という魂を覆う皮があって、その外側に家族という皮、その外側に親戚という皮がある。その外側に近所という皮があって、その私的な外側を公的な、市や県という皮が覆っていて、その外側に国という皮がある。その外側にはもう皮はなくて、お互いにとっては餓狼である国と国が無秩序な嚙み合いをしている、みたいなね。そこに個人がのこのこ出て行ったらたちどころに死ぬ。それゆえ僕らは守りのために祖霊を祀ったり、神佛に幣帛を捧げたり、いろんな行事をしたり、御調《みつぎ》を奉ったりするのだろう。ところが、そんな意味ないことやめろ。全部、潰して個人で行け。個の尊重だよ。尊厳だよ。ソースだよ。キャベツだよ。それが人類の平和なんだよ。わぎゃー、イマジンゼアリズノーカントリーズ。と言う鼠輩の意見に影響される者も多く、その挙げ句、その矛盾の行き着くところとしての「全身ブルゾン」みたいな、そんな着想が生まれて物語になっていかないかなと、思っていた。だけどダメだった。そこが安部公房と僕の差だ。

と言うか、巨き過ぎて全部が映らないその姿を、苦心して姿見に映し、自撮りなどするうち、いい年をして僕は一體なにをやつてゐるのだらう、いつまでこんな事をやつてゐるのだらう、僕は若《も》しかして屑か。屑なのか、と自己嫌悪にかられる始末さ。そしてそのうち、こんなことをやっていて老後はどうなるのだろうか、と不安にもなって、仕方なく自由律俳句を作って不安を宥めようと思ったのだけれどもそれすらできず、魂が傷ついてしまったんだよ。

だからと言って貴殿との約束を果たさないわけにはいかない。魂が傷ついた、と言い、すべてを他人のせいにして不貞腐《ふてくさ》れていたってどうにもならないことを僕は知っている。だから僕は、「全身ブルゾン」を河原で燃やし、そして新しいことを考えようとした。

だけど思いつかない。ビクとも思いつかない。というか、思いつき方が訣らない。思いつくためには、その思いつく状態というか、なにかこう自分という皿を空にしておかなければならないように思うのだが、その皿が空にならない。種々の雑念というのかな、どうでもよいこと、ならまだよいのだけれども、どちらかというと苦しい、negative な思念が次々と頭に浮かんで、気がつくと自分といふ皿に厭な感情が乗っかっている。これでは発想は浮かばぬし、それよりなにより気持ちが塞いで仕方がない。そこでその厭な思念を追い払うが為にスマートフォンを取り出して、昔の映画や笑芸を見る。そうするとその間は厭な思念は浮かばないけれども、発想も思い浮かばず、見終わった時には倍旧の雑念が自分という皿を満たしている、なんてことが繰り返されて。

こんなことでは駄目になる。駄目になつてしまふ。そう思った時点で既に三日が過ぎていた。僕は無理に起き上がり、「キイイイイイイイッ」と叫び、敏捷な動作をした。それは敏捷な動作でなにかをした訳ではなく、敏捷な動作を模した演劇だった。で、どうなったか。別にどうにもならないけど、でもそんなことをやることによって、無理に何かをする、という事に対する怕《こわ》さはなくなったような気がした。だったら。無理にでも考える。無理にでも思いつくことができるのではないか。僕はそう思ってね、もうこうなったら無理矢理にでも発想を捻り出してやる。発想が出るまで余の事は一切せぬ。キイイイイイイイイイイッ。と決意したのさ。そうしたところ不思議なものだね、二つの文言が思い浮かんだ。一つは、「田舎の瞳」という文言、一つは、「着物で行こうよ、ツンドラへ」という文言。僕はこれを紙に書き留め、それが発展していくことを願ったんだよ。そしてそれはこんなことになる。

国鉄のS駅の歩廊に青年が立っていました。時間はそうですね、二十二時頃。青年が着ている服はいずれも安いものですが、今期のトレンドを取り入れたお洒落な coordinate でした。それは向こうから歩いてきた娘が、おっ、と思って立ち止まるほどでありました。青年は夜であるのにもかかわらず黒眼鏡を掛けていました。やがて歩廊に電車が滑り込んできました。娘が乗り込みます。続いて青年も乗り込みます。先に乗り込んだ娘は入り口脇のつかみ棒に背を凭せ掛けて立ち、青年はその前に立って吊革につかまりました。車内は満員で、人と人の間にはいくらも隙間がありません。青年の後ろにはひどく酔った若いサラリーマンの二人連れが居り、先程から頻りに文学論を闘わせておりました。そのうち青年から見て手前側に居た男が、「だから源氏鶏太の素晴らしさはだなあ」と言ったとき、電車がカーブに差し掛かりました。酔っているのと文学談義に夢中で足元が疎かになっていた男はその瞬間、「トトト」と言いながら他愛なくのめって青年の方に倒れてきました。そのとき咄嗟に伸ばした男の手が引っかかって、青年の黒眼鏡が列車の床に落下しました。その時です。青年の前に立っていた娘が、急に頬を膨らませ、奇妙に顔を歪めたかと思うと急に向こうを向いて、肩を上下に揺らして痙攣し始めました。娘になにが起こったのでしょうか。そう、娘は笑っているのでした。ではなぜ娘は急に笑い出したのでしょうか。それは青年の瞳が、田舎の瞳、だったからです。

Ｉ駅で私鉄に乗り換え、二十分揺られて畠の中の一軒家（と言っても六畳一間きりの納屋を改造した掘立小屋です）に帰った青年は、灯りを点けるなり、柱に釘で留めた鏡の前に立って長いこと身じろぎもしませんでした。

これが話の発端だ。つまり青年は、田舎の瞳、の持ち主なんだ。それはなにも抽象的な意味ではなくして、本当に漫画のように田舎くさい瞳なんだよ。見知らぬ娘が一目見て笑い出すほどに。青年はなんとかそれを中和しようとして、ない金を工面してお洒落をしたり、黒眼鏡を掛けたりしてるんだが、お洒落をすればするほど、その宿命的に田舎くさい、田舎の瞳との落差が目立って、結果的に田舎の瞳の印象を強くしてしまう。それが原因で青年の人生はままならない。事実、そのせいで就職にも失敗した。「君のような田舎くさい瞳の青年は雇えない」流石に面と向かってそんな事は言われなかったが青年は面接官の言葉の端々にそうした態度を見出していた。そしてそれは間違っていなかった。その青年がいろいろあった後、ツンドラに旅立つ、ところで物語が終わる、とマアこういった寸法だ。途中に全身ブルゾンの条があってもよいかも知れぬ。田舎の瞳、が、最後、どんな瞳になっているのか。軽薄な流行を追い求めていた青年が伝統的な民族衣装である和服を着るのかどうなのか。着たとしたらその間にどんな経緯があったのか。それがこの物語の眼目だ。田舎の瞳だけに。しょうむないこと言わんでええね、もうええわ。という漫才はもはやこっちから願い下げだしな。そしてこういう企画を考える場合、タイトルがとても重要になつてくると思ふのだが、「田舎の瞳」と「着物で行こうよ、ツンドラへ」と、貴殿は何方がいいと思ふだらうか。「着物で行こうよ、ツンドラへ」は派手でいいけれども、「田舎の瞳」の含意も棄てがたいよね。ただこれの場合、どうしても、壺井栄の「二十四の瞳」というものを聯想しちまうんじゃねえか、と思っちゃうんだよな。それだったらいっそのこと、顔中に瞳が二十四ある畸形のキャラクターを造形しようかと思ったのだが、そしてそれは放射能事故の影響によるものということにしようとも思ったのだが、なにかに抵触するような気もするし、その上で改めて考えてみると、このplotは根底から腐っているような気がしてね、僕は潔く、これを捨てた。やはり潔さと謂ふものは美徳だ、と僕は思うしね。そう言えば僕の知り合いで、弓田《ゆだ》潔、って奴がゐて、こいつが名前に反してまったく潔くない粘着気質な奴で、その性格が仇となって、人の憤激を買ひ、或る日、ヌンチャクで頭を殴られて癈人になつてしまつた。

発想を潔く捨てたその時、ふとこの弓田潔の事が頭に浮かんでね、その聯想によって、「不慮の事故により性格が変わってしまった男」という着想を得たんだよ。どんな着想かと言うと、ある男は凄く厭な男なんだね、弓田みたいな。その男の職業は、そうさな、菓子職人、ってことにしておこうか。腕はいいんだよ。腕はいいから雇用主には気に入られているが、そんなだから職人仲間には嫌われている。だけど本人は徹底したエゴイストだから気にしない。名前はそうさな、貴田《きだ》ってことにしておこうか。貴田はこのところ、些細な失敗をあげつらって同僚の武納を事あるごとに責めていた。この貴田の武納苛めというのが話の発端だ。その貴田が或る日、不慮の事故に遭う。酒場で口論となり、ヌンチャクで頭を殴られたのだ。幸いにして一命は取り留めたが、頭を打って莫迦になってしまい、菓子職人としては並以下になってしまう。だけど同僚たちはあまり同情しない。なぜならかつての、高慢だった貴田を知っているからだ。しかしそれも束の間であった。同僚たちはそのうち貴田に深く同情し、貴田を愛するようになる。なんとなれば、頭を打った貴田は性格も変わり、実はかつてそうであった貴田、つまり菓子職人になって以降、差別や貧困といった社会の矛盾によって人間性が撓められ、厭な奴になってしまう前の本来の、優しくて無邪気な貴田に戻っていたからだ。貴田は自分を迫害する者に菓子や酒を振る舞い、時には金を貸した。自分も貧乏なのに。誰とでも分け隔てない態度で接した。いつも自分を後回しにして人に手柄を譲り、自分は一歩下がったところでニコニコしていた。だが、その分、職人としての能力は下がり、「こいつ、要らんなあ」と思った雇用主は、貴田を首にしようと画策した。それを知った同僚たちは結束して貴田を守った。会社の寮で暮らし、貯えもない貴田は首になれば文字通り路頭に迷うからである。その交渉の先頭に立ったのはかつて貴田に虐め抜かれていた武納であった。恩讐の彼方。人と人との絆、人間の中にある本来の善良な魂。そんなものに心を打たれた雇用主は、「儂が間違っちょった。貴田の雇用は継続する。序でにみんなの給料を上げちゃげよう」と言った。「よかった。よかったー」みなが泣き濡れ、抱き合って喜んだ。菓子や酒が振る舞われ、提灯行列や餅撒きの場面をここで展開し、まるでミュージカルのようにしたいと僕は思う。そして。

その後も病院に通っていた貴田の頭が医学の進歩によって治った。菓子職人としての腕が次第に元に戻り、勘を取り戻した貴田はバリバリ働くようになる。それと同時に、性格も旧に復し、元通りの厭な奴となってしまう。同僚たちは助けたことを後悔し、ある者は「あの時、死ねばよかったんだ」と言ひ、ある者は「もう一度。ヌンチャクで殴ってみようよ」など言つた。そんな或る日、このあたりではヌンチャクが流行っているのだろうか、武納が何者かにヌンチャクで殴られ、生死の境を彷徨った。幸いにして一命を取り留めて武納はやがて職場に復帰したのだが、頭を殴られたことが原因ですっかり人が変わったと言うか、以前の無能ぶりとは打って変わって、貴田に勝るとも劣らぬ有能な菓子職人となり、世界菓子コンクールに出場して銅賞を獲得する。それを見た他の職人たちは、自分も有能な職人になりたい、と互いの頭をヌンチャクで殴り合い、善人になったり有能になるなどして、菓子工場全体が凄くいい感じになり、みなが幸せになる、というハッピーエンド。或いはそれにrealityを感じられないと言うなら、みなが殴り合い、血を流して半死半生でのたうち回りつつもヘラヘラしている、みたいなオープンエンディングにしても良いのかもしれないね。

と、マア今、ひよつとしたらモノになるかも知れぬ、という考えから思いつきを綴ってみたが、やはり駄目だよね、色んな意味で。それくらいの感覚はまだ残ってるんだよ。なんぼなんでも。だけど僕はな、こんなことを二六時中やっているということね、貴殿に伝えたいんだ。けっして余裕をかましている訳ではないとね。でね、僕がこんな状態になっていることに対して、貴殿はあれでしょうな後悔してるでしょうな。そりゃあ、もっともな事だと思うがな、やはりそれについても五分の魂があるので、説明をさせてほしい。というか、これは是まで誰にも言った事がないことで、説明ではなくて告白と言った方が正しいのかも知れぬ。というのは、僕の仕事についての秘密なんだが、実はな、貴殿は僕がこれまでどうやって仕事をしてきたと思う？　と言うと、「そりゃあ、天稟と努力によってだらやネーのか」と言うだろうな、貴殿は。貴殿の場合は。でもそれはなにも貴殿に限ったことではなくて、誰だってそう答えるだろう。なぜかと言うと、多くの者、いやさ、ほぼ全ての者が天稟と努力の組み合わせによって仕事をしているからだ。つまり、

①多くの天稟に恵まれた者が多くの努力をすれば大きな仕事を成し遂げる。
②多くの天稟に恵まれた者が少なく努力をすればそこそこの仕事を成し遂げる。
③あまり天稟に恵まれぬ者が多くの努力をすればそこそこの仕事を成し遂げる。
④まったく天稟に恵まれぬ者が幾ら努力をした所でたいした仕事はできない。
⑤まったく天稟に恵まれぬ者が全く努力をしなければ何ひと

つ為す事ができない。

ということになる。この場合、問題となってくるのはやはり④だろう。幾ら努力をしても報われないわけだからね。実に可哀想で不憫だ。だけど大丈夫なんだよ。そういう人のために学校というものがある。つまりその仕事の骨《こつ》や秘訣を習うわけだね、師匠について。そうすると、それを習ってない人にできないことができるようになって、それが天稟の代用品になるって訳だ。これは③の人にとっても有用だし、①②の人にとっては努力をショートカットする為のツールになるし、もっと言うと⑤の人にとっても役に立つことなんだよ。

それらは謂わば手品の種のようなものだ。つまり、その原理・仕組みを知って稽古をすれば天稟のある／なしを問わず、ある程度のところまでは誰にでもできるようになる、という訳だ。マア、それを習得するのも努力のうちかも知れぬが、それにしたって種は種、或る種のカラクリだし、それって誰かが考えた事をそのまま頂戴して使うわけだから、イカサマと言うのは言い過ぎかも知れないが、ショートカットで或る事には違いないよね。

と言うと、「そんな事を言ったら教育ということの否定になるぢやネーカ」と貴殿は言うかな。ままま、そうだけど、僕が言ってるのは、専門外の人間にとってはそれが奇跡に見え、また、それをやる人間が、「いや、これは種も仕掛けもある手品ですよ」と言ってヘラヘラ笑い、エンターテイメントとしてやるなら良いけど、大真面目な顔して、「これは種も仕掛けもない奇跡ですよ」と言ってやしませんか、って事なんだよ。そして多くの人はそれを信じている。

マアそれをやめろと僕は言わない。なぜなら基本的に信じたいものを信じるんであって、無理矢理にそれを信じさせられてる訳ぢやネーからな。好きで信じてるんだから。だけど僕はそれを潔しとしないというか、嘘は言いたくないんだよ。手品を奇跡だと言いたくない。だから言わないんだけど、それに加えてもう一つあるのは、種のある手品そのものがね、見てもおもしろくないし、やってもおもしろくないと言うか、やろうとも思わないんだよ。

世の中には、素人の手慰みから名人・達人の大掛かりなものまで、様々、手品があるが、どんな上手な、見ていて心を奪われる手品も、それが手品である以上、種がある。それを思うとね、なんか乗れないって言うか、涙を流して感動している自分がアホみたいに思えてくるんだよ。或いは実験動物になったような。

だから自分が仕事をする、特に貴殿の仕事をする場合は、そうではない、つまり種も仕掛けもない、つまり学べば誰でもできるような事ではない事をやりたい、とこう念願しているんだよ。そしてそれは、天稟も努力も関係ない。そうした本人の恣意によるところの、本人の本人性とは無関係に、ある日突然、それが為されることが揺るぎなく決定する、みたいな仕事なんだ。

と言うと貴殿は言うかもな、「それって正真正銘の奇跡ぢやネーカ。おまえ、莫迦か」って。すまない。申し訳ない。それでここから先が僕の告白なんだが、貴殿とはもう長いこと組んできたよな。その間、僕がした仕事の大半は下手くそな手品だったが、そのうちのいくつかは実は、言いたくないのだが、そうした奇跡だったのだ。

アー、言ってしまった。僕はこれだけは言いたくなかった。なぜなら奇跡というのは此の世の秩序をぶち壊すことだから国にとって都合が悪いという以前に、今日が続くことを願う民衆にとっても都合の悪いことで、端《はな》はチヤホヤされても、終いにはぶち殺されるのが関の山だからな。でも僕は、貴殿は薄々、感づいていたのではないか、少なくともそれを疑ったことが何度かはあったのではないか、とも思ってるんだけどね。って言うのは僕もそれが手品なのか奇跡なのかの区別が実は或る時まで ついてなかったんだ。僕は師匠について種を習ったことが一度もなく、且つ又、生来ずぼらな性格だから、自分がやってることを突き詰めて考えることもなかった。だけど何年か前、人から、「あの作品の技法を教えてくれ」と懇望され、ギャラがそこそこ良かったので教えようとしたところ教えられないんだ。で、もしかして、と思ってよくよく調べてみたら、おっどろいたネー、種がよ、ねぇのさ。愕然とした僕は驚いてしまってなあ。で、マアしょうがネーから、「この種はいくつかの種が複合してできてるから、先ずはこれを確実にできるようになってください」って言ってな、誰でも知ってる種を教えたら、「そんなのできます」って言うから、「いや、それをより確実なモノにする為には反復練習が何より大切なのです。かの有名な勘堂兄目は若き日、この反復練習を日に三千回やってたんですよ」と嘘を言った。そしたら、「あの勘堂兄目がですか。僕はあの勘堂兄目の代表作『虹の雨傘は君の皮で』全八百巻を持っています。サイン会にも並びました。先生は勘堂兄目とお知り合いですか」と聞いてくるから、「ああ、よく知ってるよ。若い頃はよく一緒に鰍焼きを作って食べたものさ。奴は肉ばかり食っておったよ」などと出鱈目を並べて追い返した。

　そんなことはどうでもいいんだが、つまりその時に僕は自分の手品に種がないことに気がついたんだ。気がついてしまったんだ。だから、すまない、僕にはどうしようもないことなんだよ。貴殿は僕が努力や天稟で仕事をしてきたと思って、そしてそこには種があるんだろうと思っているのだろうが、ははは、そんなものはねぇんだよ。そして僕はこれまで一切努力をしなかった。それでこれまでやって来た。だけど今回ばかりは事情が違った。僕は知ってるぜ。貴殿はあの愚劣なカフェでなんでもないような顔をして、腐ったコーヒーを飲んで、余裕をかましていたが、僕がちゃんとやらないと貴殿、終わるだろ。だからよ、僕は初めて奇跡に頼らず、一般的なやり方を試してみたんだよ。つまり天稟と努力の組み合わせ、人がする手品を横で見ていて、「おそらくこういうことぢやネーカな」と思うようなことをやってみた。その結果が「全身ブルゾン」であり「田舎の瞳」であるのだから笑うよな、実際の話が。

　そんなことですまない、本当にできないのだ。そろそろお日にちやばいよね。君は多くの人に頭を下げることになるだろう。社会的な信用を失い、最果ての地で冷たい湖に入っていって心肺停止するのかも知れない。だけど許してくれ。僕も直ぐ行くから。というか。そもそも此の世に存在しない貴殿を存在せしめているのは僕なのだから、僕が、僕の中の名利を求める心である貴殿の事を忘れてしまえば、貴殿の死なぞ虫けらが死んだも同然の、どうでも良いことになってしまうんだけどね。だがそれができない腐れ縁。まったくもって八方塞がりだな、僕も貴殿も。

だから僕はもはや弁解も言い訳もしないが、ついさっきまで、というのは、この手紙を書き出す直前まであがいていたよ。「呪われた野球一族」「必殺同居人」「シワシワ小唄」こんなような事も様々に考えを巡らせてみた。それがどうなったかについては。

言わぬが花でしょう。だから僕は諦めている。君の静かな死を待っている状態だ。君は怒っているだろうか。だけど僕はそれでも奇跡が起きるのを静かに待っている。奇跡が起きて君と再び生きることを夢見てもいるのだ。だから怒らないで死んでくれ。黙って死んでくれ。やっと君のことを君と呼ぶことができるようになり、此の手紙ももはや書く意味がなくなったのでこれでやめる。君は中原中也の「言葉なき歌」という題の詩を覚えているか。

あれはとほいい処にあるのだけれど／おれは此処で待つてゐなくてはならない／って書き出しの奴だ。それから、処女《むすめ》の眼のやうに遥かを見遣つてはならない／たしかに此処で待つてゐればよい／と言い、そして、さうすればそのうち喘ぎも平静に復し／たしかにあすこまでゆけるに違ひない／と言うんだな、これが。俺たちは、いやさ、俺はそれから先の、しかしあれは煙突の煙のやうに／とほくとほく　いつまでも茜の空にたなびいてゐた／って二行を読まないようして、もう暫く待ってみる。死んだらすぐ知らせくれ。ぢやあな。

行列

又吉直樹

あなたは引っ越してきたばかりの街を一人で歩いている。真っ直ぐな道の果てに寺院と思しき白い塀が見える。その塀を乗り越えるように咲き乱れた桜が大きく枝を伸ばしている。

あなたはその桜の下まで行ってみようと思うのだが、目測よりも距離があるために、なかなか辿り着くことができない。

あなたはようやく間近で見ることができた桜の鮮やかさに、この世のものではないような印象を受ける。白い塀の切れ間から墓地が見えたので、ここは寺の裏手にあたるのだろう。

あなたは好奇心で墓地に咲く桜を見ようとしたことを少しだけ申し訳なく思い、塀の向こうに手を合わせる。

あなたは来た道を戻らず、大通りの喧騒から逃れるように歩き続ける。古本屋があれば文庫本を買って午後の暇つぶしにでもしようと考えているが、自分が歩いていく方向に古本屋があるかどうかはわからなかった。狭い道は徐々に入り組んでいき、形の異なる住居が乱雑に建ち並ぶ区域にはいった。先程まで聞こえていたはずの車の走行音が遠退き、消えていく。

防火用水と記された古い石作りの水槽は土が敷き詰められ、花壇として使われている。小さな花を揺らす風は吹いていない。両輪ともパンクしている錆びた自転車が壁に寄り掛かった状態で放置されている。子供の頃、友人が乗っていたものに色も形もよく似ていたが、地元から遠く離れた場所にその自転車があるはずはなかった。

あなたはこの道の先に古本屋があるとはもう思っていなかっ

たが、だからといって歩くほかにやることが思いつかない。次の角を曲がってもまだ同じような景色が続くなら、駅前まで引き返そうと考えている。

あなたは、そこで行列を見つけた。

駅からも大通りからも離れた住宅街に突然現れた行列はずいぶん異様なものに見えた。その行列は古民家らしき建物の門からはじまっていて、三十人ほどが並んでいる。どこにも看板や説明書きらしきものがないので、それがなんの行列なのかはわからない。古本屋ではなさそうだったが、劇場や画廊のような人が集まる施設なのだろう。

あなたは、そんな憶測を立てて自分を納得させようとするのだが、そのどれにも該当しそうにない行列に妙に惹かれている。

あなたは、行列から一定の距離を取ったまま、そこに並ぶ人達を観察する。男児を連れた三十代の母親、似たような古着を身につけた若い男女、白髪の老夫婦、会社員らしきスーツを着た二人組、一人で並んでいる者も多い。あらゆる世代が満遍なく揃っている。なにか特殊な知識や目的を持った集団には見えない。人気の飲食店なのかもしれない。

「なんの行列なんだろうね？」

あなたは、行列に並ぶ男性の言葉を耳にしたことで、胸が高鳴っている。行列に並ぶ人のなかにも、これがなんの行列か知らない人がいるのだ。だが、共通して誰もがなにかを期待するような表情を浮かべている。いや、よく見ると不安そうに視線を泳がせている人もいるが、それはその人の性格による影響かもしれない。

あなたは、行列の理由を理解せずに並ぶ人がいるなら、自分が並んでもいいのではないかという気持ちになる。

あなたは、少し離れたところに立ったまま、今度は古民家の門に注目する。すると和服を着た女性が、なにかを受け取っているのが見える。あなたの耳に、「五百円のお納めです」という声が届く。料金を払った人が間隔をあけて順番に古民家のなかに通されていく。

あなたは、五百円なら文庫本より少し高くつくが、暇をつぶすにはちょうどいいと考える。

そして、あなたは行列に並ぶ。列の最後尾に並んだ瞬間、係の人から招待状やチケットを提示するように求められるかもしれないと不安だったが、あなたを咎める者はいない。

あなたは、なにかをやり遂げたような気持になっている。その行列に加われたことに満足しているのだ。ささやかな感動が全身を循環していく。そのささやかな感動は、この街にきて唯一感じることができた幸福でもある。

あなたは、この街で心を大きく動かされる体験を、まだなにもしていなかった。行列に並ぶことで、自分がここまで歩いてきた理由ができたという喜びと、誰かに役割を与えられたような安心感を得たのだ。

あなたは、はじめからこの行列に並ぶために家を出たような気さえしている。なにかに感謝したいと思ったが、なにに感謝すればいいのかがわからない。

あなたは、さりげなさを装い、あたりを見回す。自分の背後にも、列が途切れることなく続いていることを確認して、行列に馴染めたことに安堵する。行列の最後尾には若い集団の客が並んでいる。

あなたは、行列に並べたことに安心する一方で、それまでの自分が少なからず不安を抱えていたことに気づかされる。今はとても安全な状態にあるので、先程までの不安だった心を少しだけ覗いてみようと考える。

あなたは、ハガキを投函するために家を出たのだが、それが終わると、手持ち無沙汰になり、やることがなくなってしまって、なんとなく空を見上げた。薄い雲が早く流れていて、さらに上空にある厚い雲はまったくといっていいほど動いていなかった。

あなたは、家に帰る気がしなかった。一人で家にいても仕方がなかったから。だが、なにか別の予定があるわけでもなかった。こんな時、ほかの人ならどうするのだろう。どこかで買い物をして、昼にはなにかを食べるのではないか。それは特別なことではないので、あなたがそうしても誰も気にせずにいてくれるだろうと思った。

あなたは、古本屋を探して歩きはじめることにした。本を読むことがそれなりに好きだったので、それも自然なことだろう。そして、歩いているうちに、あの寺の塀と桜を見つけたのだ。

行列に並んでいた人が順番に古民家のなかに入っていく。あなたは、あと何組で自分の番がまわってくるのか目で数えている。仮にこれが画廊なら、一通り作品を観賞すればいいし、飲食店なら、特殊なものでない限り食べればすむ。占いなどの類なら、適当に話を聞いていれば終わるだろう。

あなたは、どんな内容だったとしても対応できると自分に言い聞かせる。財布の小銭入れを開けると、ちょうど一つ五百円玉が入っていたので、それを人差し指で手繰り寄せる。五百円玉を取りだすと、昭和六十四年と刻まれている。汗で濡らさないように、手は軽く握っておく。

そして、ついにあなたの番がやってくる。あなたは、表情を崩さないように平静を装う。右手に持っていた五百円玉を和服の女性に手渡し、ゆっくりと門をくぐる。

あなたは、古民家の引き戸を慎重に開ける。あなたの鼻腔を幼い頃に祖父母の家で嗅いだ懐かしい匂いがくすぐる。

あなたは、自分の呼吸が荒くなっていることに気付いていない。土間から靴のまま式台を踏んで廊下にあがる。建物の内部が簡素でモダンな作りになっていることに驚きもしない。等間隔に置かれた燭台にろうそくが灯されている。廊下は奥へとまっすぐに伸びている。

あなたは、廊下を迷わずに進んでいく。

あなたは、もう会えなくなったはずの誰かに会えるかもしれないと期待している。薄暗い廊下の突きあたりに、襖が見える。近づいていくと、襖は赤い色をしている。

あなたは、その先に自分が望んでいたものがあると信じて興奮している。赤い襖のまえで少しだけ立ち止まると、息を吐いて、あけた。暗くひろがっていた空間が少しずつ明かりを帯びていく。

あなたは、後ろ手に襖を閉じる。明かりが強くなるに連れて空間が拡張していく。あなたは、光を眩しいと感じる。

現実そのもののような無機質な蛍光灯の光が、あなたを曝けだしてしまう。真っ白な空間には展示物らしきものはなにもない。人の影もない。空調の音だけが静かに響いている。

あなたは、襖を背にして立ち止まったまま、白い空間を見回して、小学生の頃に泳ぎ切れなかった二十五メートルプールと似た形をしていると嫌なことを思い出している。

あなたは、まだなにかあるはずだと信じようとしている。白い空間の中央まで歩いていくと、その先の壁に扉がある。その扉には、「出口」と手書きで投げやりに綴られた紙が貼られている。

あなたは、その扉をあける。外に顔を出すと、気怠い春の匂いがして、近くを走る自転車の音が聞こえる。怒りと虚しさが入り混じった感情が込みあげてくる。

あなたは、白い空間に視線を戻し、壁沿いに歩いていく。すると、さっきは気づかなかった、もう一つの扉を見つける。その扉は、色も素材も壁と同じものでできているため、よく見ないと気づくことができない。

あなたは、その扉のまえに立ち、ノックする。扉の向こうから、「はい」と聞こえたような気がしたが、扉が開く気配はない。今度はもっと強く扉を叩いた。すると、なかにいた誰かが、内側から扉を開けた。その誰かは、清潔な白いシャツを着た五十代に見える男だった。ほかには誰もいない。

あなたは、その男と目を合わせたまま黙っている。男は、「なんですか?」と不愉快な表情を浮かべている。

あなたは、伝えるべきことを伝えなくてはと思うが、すぐに言葉が出てこない。部屋のなかには、奥の壁を背に複数のモニターが設置されていて、そこには行列に並ぶ人や廊下を歩く人の姿がはっきりと映しだされている。

「なんですか?」と男が、またあなたに問いかけているので、あなたは、なにか言葉を返さなければならない。

れるわけがない。そんなのはただの屁理屈にすぎない。それに漁にでて魚が獲れなかったら人間は生きていけない」

あなたは、まだ言葉を続けようとしていたが、男の声によって遮られる。

「かつてはそうだったかもしれないですけど、あなたはそうじゃないでしょう。言ってみれば錯覚ですよ。本当に必要なのは目的に向かって行動をしている過程なんです。その時にこそ人は喜びを感じるはずなんです」

「そんなことを言いだしたら、ラーメン屋で散々並ばされた挙句、いざ自分が食べようとしたら、行列で楽しめたからいいだろと難癖つけられて、ラーメンを取り上げられたとしても許すということか。それはおかしい」

あなたの言葉を男は受け流し、机に座ってキーボードを触りはじめる。すると中央の大きなモニターに、行列に並んでいた時のあなたの顔が映しだされる。あなたは口元に笑みを浮かべ恍惚とした表情をしている。あなたの顔は行列に並んでいるほかの誰よりも幸福に包まれている。

続けて、大きなモニターを取り囲むように配置された複数のモニターにも、あなたの顔が映しだされる。薄暗い廊下を進んでいく姿である。あらゆる角度から撮影されたあなたの幸せな表情。

あなたは、自分では気づいていなかったが、笑い声をあげながら廊下を飛び跳ねるように進んでいる。モニターを確認している男の肩が揺れている。笑っているのだろう。

あなたは、恥ずかしさで苦しくなったが、もうどうでもいいような気もしている。猿が叫んでいるような奇声が部屋に響き渡る。あなたは、この声はなんだろうと考えているが、それは、あなた自身が叫ぶ声だった。

あなたは、「会えるかもしれないと思ったのに！」と叫んでいる。「大切な人が死んだんだ！」とも叫んでいる。

振り返った男が、あなたを黙って観察している。あなたは、その男を殴ってやろうと思い、一歩踏みだしたが、男はあなたとの距離を保ったまま、ポケットからなにかを取りだした。あなたに、そのなにかを渡すつもりらしい。

あなたは、まだ叫び声をあげている。男があなたの近くの机になにかを置いた。それは千円札だった。あなたは、それを無視して叫び続けている。あなたは、自分の叫び声の隙間から男の言葉を聞くことになる。

「満足いただけなかったようなので、返金します。お釣りは結構です。お時間を取ってしまったお詫びです。お引き取りください」

あなたは、涙を流しながら「うるさい！」とみっともない声を漏らしている。あなたは、自分の大切なものを男に踏み躙られてしまったような気持になっている。あなたは、腕を伸ばして男を摑もうとするが上手くいかない。あなたは、「ふざけんなよ」と男を罵っている。

「ほら」

あなたは、もう男に黙って欲しいと望んでいるが、男はまだなにかを言おうとしている。

「苦情の主な目的と思われる謝罪とお金を与えられても、まだあなたはわたしになにかを言おうとしている。結局、あなたも目的ではなく、そこに至る過程を楽しんでいるじゃないですか」

あなたは、その千円札を受け取るべきかどうかわからなくなった。あなたは、また猿のような奇声をあげる。モニターには、廊下を幸福そうに笑顔で進んでいくあなたの顔が映っている。あなたは、大きな音を立てて乱暴に扉を開ける。また暗くなっていた白い空間が徐々に明るくなっていく。あなたが嫌いな現実そのもののような蛍光灯の光だ。あなたは白い空間を這うように歩き、出口から外の世界にでる。やはり、春の匂いがしていて、モンシロチョウがあなたの顔の近くを浮遊している。あなたは、もう自分がどのような顔をしているのかわからなかった。

眼鏡のバレリーナのために

大崎清夏

茂呂来《もろき》さん、茂呂来さん、聞こえますか。いま、お時間だいじょうぶですか。あたしの話を今夜、茂呂来さんが聞いてくれるといいんだけど。そういう余裕が今夜の茂呂来さんに、あるといいんだけど。そこにいることは知ってるんです、この壁の向こう側に、茂呂来さんが。

きょうは平日で、あ、だからまずは、お仕事お疲れさまです、ですね、お仕事お疲れさまです、茂呂来さん。きっとそちらはいま、おくつろぎタイムですよね。もしかするとビールなんかぷしゅっと開けちゃったりして。あ、でも茂呂来さんがお酒飲むひとかどうか、私は知らないんでした。

そちらが帰ってきたのはきょうは、夜七時ちょっと過ぎた頃で、それは、こちらはきょうは冷蔵庫の中身を完全にからにしなくちゃならなかったんだけど、冷凍庫をあけたら見逃していた作り置きのカレーとかボイルイカの袋とか出汁をとったあとの昆布とかそういうのがわさわさ出てきて、でももう電子レンジも鍋も段ボールの中で、やんなっちゃうなあって思ってた時間でした。

茂呂来さん、あたし、あした引っ越すんです。

朝から引っ越し屋さんがきて、ちょっとばたばたすると思います。明日も平日だから、茂呂来さんはいないかもしれないけど。ほんとはいま、玄関からぴんぽんって、こんばんはーって、夜分にすみませんって、ご挨拶すべきですよね。だけどあたし、茂呂来さんのひとりの時間を、くつろいでる時間を、邪魔したくなくて。だけどどうしても、これだけは言いたかったんです。あたし、茂呂来さんのこと、怖くなかった。あの日だって、もっとまっすぐ茂呂来さんの目を見て、にっこり笑ってご挨拶できたらよかったって、ずっとずっと思ってたんです。

初めてお会いしたのは、玄関先でしたねー。あたしはあの頃まだ太郎くんと一緒に暮らしてて、あの晩はちょうど、駐車場と生け垣とこのアパートの四つ並んだ玄関扉に囲まれたちいさな正方形のポーチみたいなスペースに一緒にしゃがみこんで、あたしの自転車のチェーンが外れちゃったのを太郎くんに直してもらってました。もう寒くはなかったから、三月下旬か、四月頃だったのかな。外から帰ってきた茂呂来さんは、着慣れた感じの白い長袖シャツにベージュのスラックスで、太い黒縁の眼鏡をかけてて、手にはいかにも地味な会社員のひとが提げてそうな茶色の、使いこんだ革鞄を提げていました。

あたしは、あっお隣の方だってすぐ気づきました。入居したとき挨拶してなかったから（まったく、いまどきの若者はって感じですよね、ごめんなさい茂呂来さん）、内心ちょっとどきどきしながら「こんばんはー」って言いました。

あのときの、茂呂来さんの目。黒縁眼鏡の奥の目。ふしぎな目だった。あたしたちにすごく興味があるような、でもどこか見下したような、かわいそうなものを見るような目をしてた。「ご挨拶遅れました、お隣に引っ越してきた汐田《しおた》です」って立ち上がってあたしが言うと、茂呂来さんは「ああ、もう入居してたのね」って素っ気なく言いました。あたし、怒られてるのかな?と思って「ごめんなさい、ご挨拶できてなくて……」ってもう一度言ったけど、茂呂来さんは、会釈しながらも自転車のチェーンをいじる手を止めずにいる太郎くんの、黒く汚れちゃった指のあたりをしばらく黙って見ていて、それからふわりと思いだしたみたいに「いえ全然。ここねえ、ちょっと間取りが使いづらいのよね」って言いました。あ、世間話しようとしてくれてるんだと思って、年輩のおじさんでそういうことできるひとって珍しい気がしたから、あ、ジェントルマンの方だーよかったーってあたしは思って、ほっとして。それからしばらく、お喋りしましたよね。この物件に住んでる他の住人のこととか、もうすぐ定年だからそろそろもっと安い物件に越さないとって考えてることとか、前に飼ってたチワワのこととか、茂呂来さんはいろいろ教えてくれて。あたしは気持ちが緩んで、うちが家賃はいくらで契約したかなんてことまで喋っちゃって、あとで太郎くんに、賃貸のお隣さんと家賃の話なんかするもんじゃないって怒られました。だけどあたしは必死だったの、せっかく見つけた掘り出しものの賃貸物件で、お隣さんとトラブルになるのだけは、それだけは、なんとしても避けたかったから。

玄関を開けると広いワンルームで、小さな庭も付いてて、ロフトに上がるための白い鉄製のステップがおしゃれで、木造なのにぜんたいの造りがわりとしっかりしてて。あたしたちは間取りがすごく気に入って選んだ物件だったけど、独り暮らしの茂呂来さんにはちょっと広すぎるのかなって、そのときはちらっと思って、それきりでした。

あたしが太郎くんとの関係を終わらせるって決めたのは、去年の勤労感謝の日でした。あたしたち、喧嘩するたび、太郎くんはうちじゅうがびりびり震えるくらい大きな声で怒鳴ったし、あたしは赤んぼうみたいにギャン泣きしたし、それが夜遅くだろうとなんだろうと関係なかったし、きっと何事かと思いましたよね、ほんとごめんなさい、茂呂来さん。太郎くんとあたしはここに暮らす前からもうずっと、してませんでした。あの、まあつまり、セックスレスというやつでした。数えてみたら七年。一〇年一緒に暮らしてて。

　毎日、会社からこのうちに帰ってくるとき、電車を降りた瞬間から玄関扉に到着するあたりまで、あたしはいまの暮らしをやめられるか、ひとりになって暮らせるか、そればっかり考えてました。でも、ずうっと自信がなくて。なにしろ太郎くんは、なんでもできるひとだったから。あたしは太郎くんにいつも、頼りっぱなしだったから。それに太郎くんのギターはね、ほんとに、ほんとにすごいんです。この部屋では、けっきょく一度も弾いてくれなかったんですけどね。

その、勤労感謝の日の前の晩、太郎くんはミュージシャンの友達と飲みに行くって出かけていって、夜遅く、べろべろになってタクシーで帰ってきました。あたしはもうとっくに寝てたけど、玄関扉のがちゃんって音で目が醒めて。太郎くんはおふとんの敷いてあるロフトにあがる鉄のステップをがこんがこんいわせて昇ってきて、お酒の力を借りてるとしか思えない勢いで、強引にあたしに触ろうとしました。息がくさくて。息が、……、ね、茂呂来さん、くさかったの。あたし、びっくりした。「ごめん、むり」ってあたしは言いました。そして太郎くんと入れ替わるみたいにごそごそ寝床を這いだして、ステップをがこがこ降りて、部屋の隅に転がってた人をダメにするソファに縮こまって沈んで、雷を避ける猫みたいに、朝まで、ただ、息をしてました。息をしながら、きょう、あたしはとうとう、言うんだなって思いました。そして、太郎くんが昨晩のことなんか忘れたみたいに起きてきて、いつも通り作ってくれた朝ごはん、白米とキャベツの味噌汁と目玉焼きのおいしい朝ごはんを目の前にして、あたしはとうとう、震えながら「もう、お別れしたい」って言いました。太郎くんが怒鳴りだすかもしれないと思って、あたしはびくびくしていたけど、意外にも彼はしょんぼりして、「そっか」って、あたしの想像よりずっとすんなり、別れを受けいれてくれました。あたしは、心底、心底、ほっとしました。

この部屋は会社勤めのあたしの名義で借りてたから、太郎くんが出ていくことになって。太郎くんが荷物をまとめて出ていったのは、節分の日でした。

ひとりになって初めての夜は、ほんとうに広かった。おふろばも、寝室も、どこまでも続く月夜の草原みたいで。あたしはゆーっくりお湯に浸かって、それから、休日のお菓子作りのために常備してあるマイヤーズラムをちいさなグラスでちょっとだけ舐めて、それから、おふとんのなかで部屋着をぜんぶ脱いで、自分で、しました。太郎くんと暮らしてた頃にも、ばれないように自分ですることはあったけど、はだかでしたのは、初めてでした。あたしは自分の両手を、自分のはだかの肌のあちこちに、すうっすうってすべらせました。首筋も、鎖骨も、腰のあたりも、おしりも、ふくらはぎも、爪先も、ぜんぶ。あたしのからだは、まるでゆたんぽみたいにぽかぽかでした。

ゆたんぽって、茂呂来さんは使ったことありますか？　あたしは子どもの頃、おばあちゃんちで一度だけ使ったことがあるだけなんだけど、なんでか、そのときの触り心地はよく憶えてるんです。薄い柔らかいガーゼ生地のすぐ下に、硬くて重い容器のごつごつしたまるみがあって、その内側では温かい重い水が、ゆたゆた揺れてました。ゆたんぽって、なんてちぐはぐな優しさなんでしょうね。

その晩あたしは、そのまま寝入ってしまうまで、ずうっと自分を触ってました。

ひとりになったら、部屋はとても静かでした。ちょうどその頃、世界は未知の感染症のパンデミックでてんやわんやになって、あたしの会社もリモートワークのお達しが出て、あたしは昼間からこの部屋で仕事するようになりました。そしたら、ふたり暮らしの頃には気づかなかった茂呂来さんちの生活音が、耳にはいってくるようになりました。

茂呂来さんは帰ってくるとちゃんと手洗いうがいをするひとで、うちと同じ重めの鉄製の玄関扉の鍵ががちゃって開くとわりと間髪いれずに洗面の水道をひねる音が聞こえます。あたしはそういうのけっこうさぼっちゃうほうだから、茂呂来さん偉いなあっていつも思うの。うちは角部屋だから浴室の窓は生け垣に面しているけど、茂呂来さんちは玄関扉のすぐ隣に浴室の窓があって、それは横長の磨りガラスを何枚か並べた正方形の小さい窓で。窓の下枠についたハンドルをぐるぐるって回すとガラス板が斜めに倒れていって換気できるっていう、いちおう防犯と目隠しを兼ね備えた窓なんだけど、茂呂来さんはいつも、その窓を全開に近いくらいまで開けてシャワーを浴びていたから、あたしは自分が夜、仕事から帰ってくるときにそこから明かりが漏れて水の音がしてるときは、できるだけそちらを見ないでサッと通り過ぎるようにしてました。

このアパートは木造のわりに壁の防音はちゃんとしてたけど、それでもそちらで電話が鳴ると、茂呂来さんが受話器をとって話しだす声が聞こえました。何を話してるかまでは聞きとれなかったけれど、あたしはつい、聞き耳を立てちゃいました。茂呂来さんの声は、初めて会った日にあたしたちと挨拶したときと同じような、淡々とした、ちょっと相手を見下した声のときもあれば、もっと明るく朗らかで、何か今度会う約束を楽しげに交わすようなときもあれば、誰か自分よりもっとずっと年上の、ちいさな老人を労るような優しい声のときもありました。

それに、あたしはあの頃、晴れた朝にはよく星野源の曲をSpotifyでかけながら掃除機をかけてたんだけど、日曜日の朝、茂呂来さんちから掃除機の音とビートルズが一緒に聞こえてきたことがあって、もしかしてあたしに影響されたのかな?って思ったこともありました。一度きりだったけれど。

ある日、あたしがごみを出しにあの重い鉄の玄関扉をがちゃんって開けたら、ちょうどそこに茂呂来さんがごみを出して戻ってきました。あたしたちはお互いに、いかにも普通の、真っ当なお隣どうしらしく、おはようございます、って挨拶しました。憶えてますか、茂呂来さん。まるで何事もなかったかのように、茂呂来さんはがちゃんって玄関扉を開けて部屋に入って、あたしはごみを出しながら、いま自分が見たものを理解しようと懸命になってました。

茂呂来さんは、骨ばって痩せたからだに、チュチュを着てました。そして、初めて会ったときと同じ、黒縁眼鏡をかけてました。あたし、混乱しちゃってたからよく思い出せないんだけど、あれはやっぱり、バレリーナが着るチュチュですよね、茂呂来さん。薄い桜色の、チュール生地の短い裾拡がりのスカートと、からだにぴったりフィットした伸縮性のよさそうなキャミソール。その上に茂呂来さんは、首元が大きく空いてよれよれになった、白い透けるTシャツを羽織ってました。

ん？　ん？　ん？って思いながら、ごみを出して戻ってくると、玄関扉ががちゃんってまたひらいて茂呂来さんが出てきました。あたしの心臓はちょっと速くうちはじめました。茂呂来さんは、さっきのままの格好で、ちょっと恥ずかしそうに、あたしが玄関脇に出しっぱなしにしてた自転車の空気入れを指差して「あの、それ、ちょっとお借りしてもいいですか」って言いました。憶えてますか、茂呂来さん。あたしはできるだけ普通の声になるように神経を集中して、できるだけ茂呂来さんから視線を逸らして、「どぞどぞどぞ！」って言いました。そして、大急ぎで、玄関扉をがちゃんって閉じて、鍵をかけました。

正直言うとね、茂呂来さん、あたし、それからしばらく、できるだけ茂呂来さんに会わないようにしました。やっぱりちょっと茂呂来さんのことが、怖かったんです。

あのね、茂呂来さん。あたしはむかし、小学校高学年とか中学とかの頃、胸もおしりもぺたんこだったけど、その頃から、ちょっと大人びた顔つきでした。それで、……それで？　それでっていうのものすごくおかしい話ですけど、学校帰りの駅のホームで知らない男の人に声をかけられたり、真っ昼間のローカル線で露出狂にあったり、学校へ向かう駅の地下道で後ろから走ってきた知らない男の人にスカートめくられてお尻を触られたり、そういうことが、いくつもいくつもありました。

　中二の時にあたしがあった露出狂は、車両の隅の席に座ったあたしの前に立って、コートのボタンを全部あけて、あたしにだけ見えるようにズボンのジッパーを下げて、なんだか巾着袋のようなものに包んだおちんちんを見せる、そういうことがしたかった人でした。土曜の午後の、すごく空いてた車両で、それでもまばらに乗客はいて、あたしの前に立ちはだかったその人は、すっごく不自然だったはずだけど、誰も見てなかったか、見てないふりをしてたか、とにかく、誰も助けにはきてくれませんでした。

　あたしはうつむいて、もう首が折れるんじゃないかってくらいうつむいて、自分の制服の紺色のジャンパースカートの、ベルトのあたりを凝視してました。次の駅に電車が停車して、いましかないと思って、あたしが吐きそうになりながら全身の勇気をふりしぼって「ちかんです!」って言おうとした瞬間、その人はさーっと身を翻して電車を降りて、瞬く間に駅のホームに消えていきました。あたしはふらふら立ち上がって、車両のまんなかあたりの、ほかの乗客のひとたちからあたしの姿がよく見える席に移動しました。そして、いま何が起こったのか、いま何を見せられたのか、よくわからないまま、自分の降りる駅に着くまで、ぐったり脱力してました。

だからね、茂呂来さん、あたし、茂呂来さんがそういうひとだったらどうしようって思った。あたしがひとりになったこと、自転車の数が一台減ったから、茂呂来さんはちゃんと気づいてるだろうと思ったから。

でも、それから何も起こらなかったし、何も変わりませんでした。茂呂来さんの電話の声は、相変わらず冷たかったり朗らかだったり、労りにみちて優しかったりしました。茂呂来さんは、ただただひとりで、会社に行くときは会社員の格好で、家では自分の好きな格好で、暮らしてました。

それからしばらくして、あたしの部屋に会社の同僚のメイちゃんと姫姉《ひめねえ》が遊びにきました。新しい恋はどうなのよ、的な文脈で姫姉が「お隣さんってどんなひとなの?」って訊くから、あたしがふたりに茂呂来さんの話をしたら、メイちゃんが「え、怖い」って、姫姉が「それ変態じゃん」って、ふたり同時に言いました。あたしは言いました、「うん、そりゃまあ、変態さんっちゃあ変態さんなのかもしれないけど、でも毎朝ちゃんと会社に行って、帰ってきて、家で好きな格好してるだけだよ、誰にも迷惑かけてないよ」って。「そういう変態さんだったら、あたし、誰にだってなる権利あると思う、だって何十年もまじめに働いて生きてきてさあ」って。茂呂来さん、あなたのことなんか、あたし何も知らないのにね。なんであたしが茂呂来さんのこと庇ってるのかよくわからなかったし、あたしごときに庇われても茂呂来さん、別に嬉しくないかもしれないけど。

「だって、この会話も聞かれてるかもしれないってことでしょ。怖い」ってメイちゃんが、「でも現にしおたんはその姿を見てるわけじゃん。向こうは意図的かもよ」って姫姉が言ったとき、あたしはむしろ、この会話が茂呂来さんに届いてたらいい、って思いました。「怖くないよ、全然。だってふつうにお喋りだってしたことあるもん」ってあたしは、自分がちょっとふたりに対していらいらしてることに驚きながら、言いました。あたし、そのときにはもう、ちょっと茂呂来さんのこと、尊敬してたのかもしれません。

一度、茂呂来さんが新聞の勧誘のひとを玄関先で追い返してる声が聞こえてきたことがありました。あたし、どんな格好で茂呂来さんが勧誘員と話してるのか、想像しました。あたしの想像のなかで、深紅のクラシック・チュチュを着て、短いチュールのスカートからがりがりの脛と腿をむきだしにして、玄関先に仁王立ちになって、勧誘のひとを追い返してる茂呂来さんの姿は、なんだかとっても痛快でした。

茂呂来さん、茂呂来章吾《しょうご》さん、いまあたしは、やっとやっとあなたの暮らしを想像してます。すみれ色のロマンティック・チュチュ姿で茂呂来さんが休日の朝の、玉ねぎとじゃがいものお味噌汁を作ってるところ、おふろあがりに着心地のいいオフホワイトのジョーゼットで茂呂来さんがあの世界ぜんぶを見下した目でテレビを見てるところ、ドガの絵に出てくるようなベル・チュチュ姿で茂呂来さんが機嫌よく鼻歌なんか歌いながら掃除機をかけてるところを、想像してます。あたしの想像のなかで、茂呂来さんはとっても絵になってます。きまってます。

ああ、でももうそろそろ、引っ越しの作業に戻らなくちゃ。ボイルイカ、捨てなくちゃ。明日、朝早くから引っ越し屋さんが来ちゃうんです。

茂呂来さん、茂呂来さん、あたしたちは、さびしいね。

いつかどこかですれ違ったとしても、チュチュを着てない茂呂来さんには、あたしきっと、気づけない。でももしも、もしもチュチュを着てる茂呂来さんが通りを歩いてたら、あたしはきっと、目を伏せる。できるだけ見ないようにして、関わらないようにして、通り過ぎると思う。ごめんね、茂呂来さん。だから、お元気で。もう会うことはないけれど、お元気で、お元気で、お元気で、茂呂来さん。

津村記久子（つむら・きくこ）
1978年生まれ。小説家。著書に『君は永遠にそいつらより若い』『浮遊霊ブラジル』『やりなおし世界文学』『水車小屋のネネ』などがある。すきな短篇集はケヴィン・ウィルソン『地球の中心までトンネルを掘る』。

岡田利規（おかだ・としき）
1973年生まれ。演劇作家・小説家。著書に『三月の5日間』『わたしたちに許された特別な時間の終わり』『ブロッコリー・レボリューション』などがある。すきな短篇集はイサク・ディネセン『冬の物語』。

町田康（まちだ・こう）
1962年生まれ。作家・ミュージシャン。著書に『くっすん大黒』『パンク侍、斬られて候』『告白』『宿屋めぐり』『口訳古事記』などがある。すきな短篇集は小山田浩子『小島』。

又吉直樹（またよし・なおき）
1980年生まれ。芸人・作家。著書に『第2図書係補佐』『東京百景』『火花』『劇場』『人間』『月と散文』などがある。すきな短篇集は稲垣足穂『一千一秒物語』。

大崎清夏（おおさき・さやか）
1982年生まれ。詩人。著書に『地面』『指差すことができない』『新しい住みか』『踊る自由』『目をあけてごらん、離陸するから』などがある。すきな短篇集は魯迅『故事新編』とJ・D・サリンジャー『ナイン・ストーリーズ』。

本書は書き下ろしです

palmstories《パームストーリーズ》　あなた

著者
津村記久子《つむらきくこ》　岡田利規《おかだとしき》　町田康《まちだこう》　又吉直樹《またよしなおき》　大崎清夏《おおさきさやか》

発行　2023年8月30日

発行者　加藤木礼
発行所　palmbooks
〒180-0001
東京都武蔵野市吉祥寺北町1-5-10-106
info@palmbooks.jp
https://www.palmbooks.jp

装幀　仁木順平
印刷・製本　中央精版印刷株式会社

ISBN 978-4-910976-01-3 C0093